シェイクスピアのたくらみ

喜志哲雄
Tetsuo Kishi

Eurus
Notus
Boreas
Zephyrus

岩波新書
1116

目　次

目　次

序章　観客を操作するシェイクスピア

この本が吟味しようとしているのは、しばしば世界最高の劇作家と呼ばれるウィリアム・シェイクスピア(一五六四〜一六一六)が、どんな手法を用いて作品を書いたかという問題である。こういう言い方をすると、登場人物の描き方や台詞の書き方や戯曲の組立て方といった技巧的な問題が、もっぱら論じられるのだろうと思うひとがいるかも知れない。もちろんそういうものについても論じるが、それは私が主に意図していることではない。劇とは、この世界で生きている人間を扱うものなのだから、劇作家がどんな手法を用いて作品を書いたかという問題を検討するためには、その劇作家が世界や人間をどのように捉えていたかを知らねばならない。あるいは、演劇そのものについてどう考えていたかを理解せねばならない。ある劇作家の手法について論じることは、実は、当の劇作家の世界観や人間観や演劇観について論じることになるのである。もしも、手法についての議論は小手先の技巧についての議論にすぎないと考えて軽視するひとがいたら、そのひとは救いようがないほど浅薄な誤解を犯しているのだ。

シェイクスピアにとっての観客

シェイクスピアの戯曲はすぐれた文藝作品であり、文藝作品として鑑賞しても——具体的に言うと、書斎でひとり静かにそれを読んでも——充分に面白い。しかし、シェイクスピアは自らの作品を、何よりもまず劇場で上演されるもの、観客によって受容されるものとして書いた。あらゆる劇作家の例に洩れず、シェイクスピアも、自分が想定しているやり方で観客が反応することを期待したに違いない。観客を笑わせたいと思う個所で実際に観客が笑うことを、あるいは、観客を劇に集中させたいと思う個所で、観客が舞台で起っていることにだけ注目することを、望んだに違いない。だからシェイクスピアは、どうすればそれが可能になるかについて、細心の注意を払いながら、戯曲を書いたと考えねばならない。つまりこの本は、シェイクスピアがひとりの劇作家として、どんなことを考えながら作品を執筆したか、観客を自分の望み通りに反応させるためにどんなたくらみをめぐらしたかという問題を、検討しようとしているのである。

シェイクスピアが劇作家としてたくらみをめぐらすに際して、何よりも慎重に吟味したのは、おそらく、どの段階でどんな情報をどのようにして観客に提供するかという問題だったであろう。しかも彼は、自分が書こうとしている戯曲が含む情報だけを念頭においていればいいというわけではなかった。なぜなら、観客は決して白紙状態で劇場へやって来るわけではないからだ。時にはシェイクスピアは、自分が執筆する戯曲の内容について、観客が既にもっている情報を積極的に利用したこともあったであろう。この本は、劇作家としてのシェイクスピアがどんな手法を用いて観客反応を操作したのかを論じるものなのだが、その手法とは、特に作者が観客に情報を提供するやり方に関わっているのである。別の言い方をするなら、この本は、ある劇が上演される時に、作者と観客との間でその劇に関する情報の処理をめぐってどんなことが起るかを、主として検討しているのである。

ただ、観客と言っても一様ではない。シェイクスピアは自分が生きている時代の観客を念頭において創作活動を行ったのだが、彼の劇は時代を越え国境を越えて、今なお鑑賞され続けている。そして、たとえば現代の観客は、シェイクスピアの時代の観客がもってはいなかった情報を多量にもっている。他方、現代の観客は、シェイクスピアの時代の観客にとっては自明であった事柄について、ほとんど何も知らない場合がある。私は、どちらかというとシェイクスピアの時代の観客を考慮しながら論を進めたつもりだが、観客というものを、時間や空間に束縛されない、もっと普遍的な存在として捉えようとした場合もある。

気楽な享受を許さない劇

観客反応を念頭におきながらシェイクスピア劇を分析した結果、明らかになったことがひとつある。それは、シェイクスピアは特定の人物の肩をもったり、特定の主張を支持したりすることを、徹底的に避けているという事実である。シェイクスピアは、どれほどの悪人でも全面的に否定したりはしないし、どれほどの善人でも全面的に肯定したりはしない。

それどころか、善悪を判断する基準についても、自らの立場を曖昧にしがちだ。また、彼は自らが描く世界に対して常に何ほどかの距離を保とうとしているように見える。このことは、彼が観客にもある要求を突きつけることを意味する。観客が特定の人物と同化したり、劇の世界に没入したりすることを防ぐために、シェイクスピアはありとあらゆる手を使っている。特定の人物と一体になって――あるいは劇の世界に入りこんで――劇の展開を追うのは、観客にとっては、非常に楽で呑気で快適な行為なのだが、シェイクスピアは、観客がそういう行為に安住するのを厳しく禁じている。

分りやすい言い方をすると、シェイクスピア劇とは、観客が気楽に享受することを許さない劇なのである。二十世紀のドイツを代表する劇作家ベルトルト・ブレヒト(一八九八～一九五六)は、劇の世界や人物と観客との間に距離が生じることを《異化効果》という言葉で呼んだが、まるで、シェイクスピアはブレヒトの演劇理論を彼よりも何百年も前に実践していたように見える(ブレヒトの理論については第一章第3節などでもふれる)。

十八世紀から十九世紀にかけてのイギリス・ロマン派の文人たちは、シェイクスピアを美化、神格化し、彼をまるで人類愛の伝道者であるかのように扱った。こういう態度は、現在の日本で広く受容れられているシェイクスピア観にも認められるようだ。もちろんシェイクスピア劇の個々の台詞には、ロマン派の考え方を裏づけるように感じられるものもある。しかし、劇の台詞とは、あくまでも特定の人物が特定の状況で語るものなのであり、そこで表明されている見解とシェイクスピア自身の見解とは、厳密に区別せねばならない。彼の戯曲を丹念に吟味すればするほど、私は、ロマン派流のシェイクスピア理解に疑問を感じるようになった。もしもこの本に立場と呼べるものがあるとすれば、それは、ロマン派以来のシェイクスピア神格化に対して異議を申し立て、手法の吟味を手がかりにして、シェイクスピアを、ロマン派の文人たちが思い描いていたのとは全く異るラディカルな作家として――人間や世界のあり方を無条件に是認することをためらった作家として――捉え直そうとしたところにあると言えるだろう。

作品の数

シェイクスピアは何篇の戯曲を書いたのだろうか。

一六二三年――つまりシェイクスピアの死後七年たった年に――彼の最初の戯曲全集が出版された。彼と同じく国王一座と呼ばれる劇団に属していたジョン・ヘミングズとヘンリー・コンデルというふたりの俳優が編纂したもので、本の判型《はんけい》を根拠に「第一・二折本《ふたつおりぼん》」と呼ばれることがある(二折本とは、基本となる全紙を二つ折りにした大きさの本で、縦が三十四センチ前後、横が二十三センチ前後になる)。この本は、シェイクスピアの戯曲を喜劇、歴史劇、悲劇の三種類に分けて収録したもので、目次を日本語にすると、およそ次のようになる(戯曲の配列は発表順ではなくて、この本に収録された順に従っている)——

喜　劇——『あらし』『ヴェローナの二人の紳士』『ウィンザーの陽気な女房たち』『尺には尺を』『間違いの喜劇』『空騒ぎ』『恋の骨折り損』『真夏の夜の夢』『ヴェニスの商人』『お気に召すまま』『じゃじゃ馬ならし』『終りよければすべてよし』『十二夜』『冬物語』

歴史劇——『ジョン王』『リチャード二世』『ヘンリー四世・第一部』『ヘンリー四世・第二部』『ヘンリー五世』『ヘンリー六世・第一部』『ヘンリー六世・第二部』『ヘンリー六世・第三部』『リチャード三世』『ヘンリー八世』

悲　劇——『コリオレイナス』『タイタス・アンドロニカス』『ロミオとジュリエット』『アセンズのタイモン』『ジューリアス・シーザー』『マクベス』『ハムレット』『リア王』『オセロー』『アントニーとクレオパトラ』『シンベリーン』

この目次には、ふたつ問題がある。まず、悲劇の最後に挙げられている『シンベリーン』(第五章第3節参照)だが、その後、この作品は悲劇ではなくて喜劇として扱われるのが通例になった。この劇は悲惨な事件をいくつも含んではいるが、結末はめでたいものであるからだ。次に、目次は全部で三十五篇の作品を挙げているが、実は本そのものには、ここに挙げられてはいない『トロイラスとクレシダ』(第四章第2節参照)が含まれている。そしてこの戯曲は、歴史劇と悲劇との間に——つまり、『ヘンリー八世』と『コリオレイナス』との間に——おかれている。おそらく編者たちは、この作品を歴史劇に分類するか悲劇に分類するかを決めかね、こういうどっちつかずの位置においたのだろうと、研究者たちは考えている。これらの事実は、シェイクスピアはジャンルの別を厳密に意識しながら作品を書く古典主義的な作家ではなかったことを示していると言えるであろう。

単独作か共作か

「第一・二折本」に収録された三十六篇に、シェイクスピアが書いたと考えられる証拠がある——しかし、おそらくは彼が単独で書いたのではない——『ペリクリーズ』(第五章第2節参照)を加えた三十七篇を、彼の戯曲として扱うことが、長い間の慣行であった。しかし、彼と後輩劇作家ジョン・フレッチャー(一五七九〜一六二五)との共作による『血縁の二人の貴族』という作品があり、これもまたシェイクスピアの作品に含められるようになった。これは筋の通ったやり方だと言える。なぜなら「第一・二折本」に収録されている作品の中にも、シェイクスピア以外の作者が書いた台詞が含まれていると考えられるものがあるからだ。

そして近年は、たとえ僅かでもシェイクスピアが書いた台詞が含まれているなら、そういう戯曲はすべてシェイクスピアの作品として扱うべきだとする風潮が一般化した。その結果、『エドワード三世』と『サー・トマス・モア』という、かつては軽視されていた二篇の戯曲も、今ではシェイクスピア劇として扱われるようになった。但し、どちらの作品の場合も、シェイクスピアが執筆したのはごく一部だと推定されている。

他方、シェイクスピアは『ドン・キホーテ』の中のある挿話を利用した『カーディニオー』という戯曲を書いたとする記録があるが、戯曲そのものは残っていない。戯曲はもちろん記録さえも残っていないシェイクスピア劇が他にもあった可能性は否定しきれない。そういうことまで考慮し始めると収拾がつかなくなるが、たとえ現存の作品に話を限っても、共作という問題についてどう考えるかによって、シェイクスピア劇の総数は増えたり減ったりする。そういうわけで、シェイクスピアが書いた戯曲は約四十篇だという、非常に曖昧なことしか言えないのが実情だ。

作品を絞って論じる

この本で採り上げたのは、シェイクスピアの全戯曲のうちのほぼ三分の二にすぎない。なぜ全作品を採り上げなかったのかと思うひとがいるに違いないが、そうしなかったのは、全作品についてある程度なかみのある議論をしようとすると、新書判の本としては甚だ不都合な、かなり大部な本になってしまうからだ。もちろん、個々の戯曲についての議論を短くすれば、問題は解決されるのかも知れないが、そうすると、戯曲の内容をかいつまんで紹介するだけで、紙数が尽きてしまう。何ほどか立ち入った議論をするためには、どうしても作品を選ばねばならないのだ(なお、作品の選択についても検討の余地があることは承知している。たとえば、優柔不断な王が不当なやり方によって退位を迫られ、遂には殺害されるに至るという物語を扱った『リチャード二世』や、庶民を軽蔑する傲慢な男と自らの命を賭けて祖国を守る勇敢な男というふたつの面をもつ人物を主人公とする『コリオレイナス』は、できたら採り上げたかった)。

それなら、選ばれた個々の戯曲は充分に論じつくされているのかというと、もちろんそんなことはない。『ハムレット』や『リア王』のような深遠な作品については、新書判の本の何倍もの厚さの本がいくつも書かれている。他のシェイクスピア戯曲のほとんどについても、事情は変らない。だから、シェイクスピア劇のいくつかについて簡潔に論じるというこの本の目論見は、無謀だと言われてもしかたがないだろう。ただ、紙数に制限があること、個々の戯曲についての議論を絞らざるをえなかったことには、利点もあったのではないかという気がする。つまり、どんなやり方で作品を論じるかを明確にし、注意してそのやり方を守らねばならなかったからだ。

シェイクスピアのしたたかさ

その結果、シェイクスピア劇についての通説に異議を唱えざるをえなくなったことが何度もあった。たとえば、『ロミオとジュリエット』(厳密に言うなら、「ローミオーとジューリエット」という表記の方が正確だが、この本ではわが国の慣行に従う)や『ハムレット』については、主人公ないし主人公たちと一体になって感動に浸るのが一般的な傾向だが、シェイクスピア自身はそういう反応を期待してはいなかったと、私は思う。『タイタス・アンドロニカス』は我慢できないほど血腥《ちなまぐさ》い劇だとするのが通常の見方だが、この作品は実は非常に《文学的》なものではないのか。ロマン派以来の見方が作り出したシェイクスピア像は、歪曲されたものだったと言わねばならないが、そういうものが生れたこと自体、シェイクスピアの巧妙でしたたかな作劇術のせいだったとしか考えられない。

便宜上、五つの視点を設定してシェイクスピアの作品を分析したが、それによって見えてきたのは、シェイクスピアの巧妙さという誰もが分ったつもりでいるものだけではなく、シェイクスピアのしたたかさ——敢えて言うなら悪辣さ——という、素朴なシェイクスピア信奉者にとっては、必ずしも受容れやすくない、また受容れたくない側面なのであった。

第一章　結末が分っている劇はどこが面白いか

1　『ロミオとジュリエット』は始まる前に終る

シェイクスピアのいちばん有名な戯曲は、もちろん『ハムレット』(一六〇〇〜〇一年頃初演)である。だが『ロミオとジュリエット』(一五九五年頃初演)も、『ハムレット』にひけを取らないほど有名だ。この劇を一度も読んだことも観たこともないひとでも、それが若い男女の悲恋を扱ったものであることくらいは知っているに違いない。しかし、この作品の構成に、現代の観客にとっては奇異に感じられるかも知れない点があることは、必ずしも広く知られてはいないようだ。そしてこの作品の構成の奇異さは、シェイクスピアが近代以後の劇作家とは決定的に異っているという重要な事実を端的に示しているように思われる。

冒頭で結末を予告する

シェイクスピアは、主人公であるロミオとジュリエットの恋愛の結末が悲劇的なものになることを、劇が始まると同時に観客に告げてしまう。通常の恋愛劇の作者なら、主人公たちの恋愛の結末について観客が気をもむように仕向けるのではないだろうか。恋人たちはめでたく結ばれるのか、それともふたりの恋愛は成就しないのかという点に観客の注意を終始惹きつけるようにしたら、観客が退屈するおそれはなくなる。

ところがシェイクスピアは、まるでそういう安全なやり方をわざと避けているように見える。劇作品の効果について論じる時には、もちろん、修辞だの登場人物の造型だのといった、作品の内部にあるものに目を向けることが必要である。だが、それだけでは不充分だ。観客という、作品の外部の存在について考慮することも重要な作業なのである。なぜなら、劇は小説と違って、上演というかたちで受容されることを——具体的に言うと、限られた時間内に、普通は劇場という特定の場所に集っている相当数の人々によって集団的に鑑賞されることを——想定して書かれているからである。

『ロミオとジュリエット』の場合にも、観客との関係を考慮することが必要になるのだが、シェイクスピアは、結末を冒頭で予告するというやり方によって、観客による作品受容のあり方に強引に枠をはめ、観客を退屈させかねない手法を敢えて選んでいる。彼はなぜこんな奇妙なことをしたのだろうか。

「コーラス」という登場人物

『ロミオとジュリエット』という劇で最初に登場するのは、ロミオでもジュリエットでもなく、「コーラス」と呼ばれる、劇の物語と直接には関係のない人物である（「コーラス」というのは、古代ギリシアの劇で本筋の事件について意見を述べたりする集団を指す「コロス」という言葉に由来する呼び名だが、ここでは「説明役」というほどの意味に解しておけばいいだろう）。

コーラスは、これから舞台で演じられるのは、ヴェローナの町の仲の悪いふたつの名家の子供たちが恋に落ち、二人が死ぬことによって、ようやく両家の間に和解が成立するまでの物語なのだという趣旨のことを語る。恋人たちが死ぬことを、観客は、まだ何の事件も起っていないうちに、知らされてしまうのである。

シェイクスピアの時代には、戯曲が出版される時に、当の戯曲の内容を簡単にまとめた文章を冒頭に添えることがあった。しかし、実際の上演において、劇の内容を説明する台詞を冒頭で俳優が語るのは、極めて異例だった。もちろん、劇の最初にコーラスのような人物が登場してプロローグ（前口上）を語ること自体は、広く行われていたのであり、シェイクスピアの作品でも、トロイア戦争（英語ならトロイ戦争）を扱った『トロイラスとクレシダ』（第四章第2節参照）、古い伝説に基づく『ペリクリーズ』（第五章第2節参照）、いわゆる歴史劇のひとつである『ヘンリー五世』（第一章第5節参照）などでは、そういう手法が用いられている。

コーラスの役割

ただ、こういう劇のコーラスの役割と『ロミオとジュリエット』のコーラスの役割とは、決定的に異っている。『トロイラスとクレシダ』のコーラスは、当の劇に先立つ事件がどんなものであったのかを説明する。このコーラスは、観客がこれから展開する劇を理解するために必要な情報を提供するのだ。他方、『ペリクリーズ』と『ヘンリー五世』のコーラスは、劇の冒頭だけではなくて、劇の途中でも何度も登場し、必要な説明を加える。どのコーラスも、いきなり結末を観客に告げたりはしないのである。

それなら、結末を事前に告げるコーラスがシェイクスピア劇に登場する例は他にはないのかというと、実はひとつある。『真夏の夜の夢』(第五章第1節参照)というシェイクスピア喜劇がある。アセンズ(ギリシア語ならアテーナイ)の領主の結婚という事件を大枠として、人間の世界と妖精の世界の両方で起る愛情関係のもつれを描いた作品だが、この劇の大詰近くで、アセンズの職人たちが領主の結婚を祝って、宮廷人たちの前で素人芝居を上演する。

この芝居は互いに愛し合うピラマスという男とシズビーという女が、誤解がもとで死んでしまうという事件を扱ったものである。二人は逢引きを約束するが、その場へ先にやって来たシズビーの前へ、餌食を口にしたばかりのライオンが現れる。驚いたシズビーは逃げ去るが、慌てたはずみで着衣をその場に残す。ライオンはそれを引裂く。ピラマスが約束の場所へ来ると、血まみれになった恋人の着衣がある。シズビーが死んだと思いこんだピラマスは、絶望して自殺する。再び現れたシズビーは、恋人が死んでいるのを見て、これまた自殺する。

ところがこの芝居の上演に先立って、職人のひとりが観客である宮廷人たちに向って、内容をすべて説明してしまうのだ。

観客と主人公の間に距離をおく

ピラマスとシズビーの劇は、下手な素人が演じるドタバタ喜劇になっているが、筋立てだけを取るなら、恋人たちが思い違いがもとで自殺するという事件を描いているのだから、『ロミオとジュリエット』に似ていなくもない。味わいは全く異るが、いわゆる純愛を描いたふたつの劇の両方について、観客が事前に結末を知るようにシェイクスピアが仕組んでいるのは、単なる偶然とは思えない。どうやらシェイクスピアは純愛を素直に描くことを避けたようだ。

いずれにせよ、確かなことがひとつある。すなわち、結末の予告という手法によって、観客は主人公たちと一体になることを妨げられ、彼等に対して一定の距離を保ちながら劇の展開を追わざるをえなくなるのだ。別の言い方をするなら、観客の興味は、主人公たちの恋愛の結末がどんなものになるかという問題ではなくて、どんな過程を経て主人公たちの恋愛がその結末に到達するかという問題に、もっぱら注がれることになるのである。これは、通常の恋愛劇のやり方ではない。

恋人たちの死という事件

ロミオとジュリエットは舞踏会で知り合い、激しく愛し合うようになる。二人はロレンスという神父とジュリエットの乳母との協力を得て、親たちに隠れて結婚式を挙げる。ところがロミオは喧嘩に巻きこまれてある人物を殺してしまい、ヴェローナの町から追放される。彼はひそかに新妻と一夜をともにした後、別の町へ逃れる。ロレンス神父は、それに先立ち、いずれ二人の結婚をおおやけにして、ロミオとジュリエットがあらためて結ばれるようにしようと述べる。

だが、思いがけないことが起った。娘が結婚したことを知らないジュリエットの父親は、彼女が別の男と結婚するように命じるのである。思いあまったジュリエットは神父に相談する。神父は彼女にある薬を与える。それを飲むと、死んだような状態になるが、ある時間が経過すると息を吹き返すというのである。神父はロミオのもとへ使者を送り、事情を伝えようとするが、予想外の事態のせいで使者はロミオに逢うことができなかった。そればかりか、ジュリエットが死んだという誤報がロミオに伝わってしまう。絶望したロミオはヴェローナへ戻り、墓所に葬られているジュリエットの傍で自殺する。息を吹き返したジュリエットは夫が死んでいるのを見て、やはり自殺する。これがこの劇のおよその物語である。

ロミオとジュリエット、そしてロレンス神父と乳母とは、他の人物が知らないことを知っており、その意味で、他の人物よりも優位に立っていると言える。だが観客は、この四人が知る由もないことを知っている。別の言い方をするなら、恋人たちの死というまだ起ってはいない事件は、観客の意識においては既に過去の事件になっているのである。

悲劇性はどこから生れるか

ただ、観客には恋人たちが不幸な結末を迎えることは分っていても、どんな過程を経てそうなるのかは分らない。この過程で観客が目撃するのは、要するに、恋人たちが、またロレンス神父が、次々に迫って来る難局を切り抜けようとして懸命に努力する様子なのだ。危機を回避しようとして善意の人間が努力する様子は、もちろん痛ましい。しかし、あらゆる努力がつまるところ徒労に終ることを、観客は終始意識している。ところが当の人物たちは、当然ながらそのことに全く気づいていない。彼等は、危機は回避されるに違いないと信じこんでいる。人物たちについて何よりも痛ましいのは、この点である。

つまり『ロミオとジュリエット』の観客は、一方では主人公たちに共感しながら、他方では主人公たちに対して距離を保ち続けるのだ。そして、逆説めいて聞えるかも知れないが、この距離のせいで、主人公たちのあり方は一層痛切なものに感じられるようになる。この作品の悲惨さは、普通に考えられているように、主人公たちが不幸な結末を迎えるところから生じるのではない。それは、不幸な結末を迎えることを知る由もない主人公たちが、無駄な努力を重ねるところから、そしてそのことを観客が知っているところから生じるのだ。この作品の悲劇性は作品それ自体の内部にこめられているというより、作品と観客との関係によって成立するのである。

『ロミオとジュリエット』は時にはコーラスぬきで上演されることがある。そうすれば、物語の結末を知らない観客は、主人公たちと一体になって劇の展開を追うという、ある意味で気楽なあり方に安住することができるようになる。しかし、これはシェイクスピアの重要な工夫を無視した上演法なのだ。シェイクスピアはこの劇に対する観客の反応のあり方を、通常の恋愛劇の場合には考えられないほど複雑なものにしようとしているのであり、この目的にとってコーラスは不可欠の手法なのである。

２　『ジューリアス・シーザー』の暗殺は避けられたか

『ロミオとジュリエット』の物語は、シェイクスピアの純然たる創作ではない。この物語にはイタリア語の原話があり、それは英語に訳されてもいた。原話や英語訳を知っていたひとにとっては、この劇の物語は初めて接するものではなかったことになる。しかし、この劇の物語は事実ではなくてフィクションであったのだから、多くの観客はいわば白紙状態でこの劇を観たと考えるべきであろう。

有名な事件を題材にする

これに対して、観客がよく知っている題材を扱う劇もある。たとえば、有名な歴史上の事件について書かれた劇の場合なら、観客は、その作品の事件がどんな過程を経てどんな結末に到達するかを(『ロミオとジュリエット』の場合のように、作者が最初に予告したりしなくても)、劇を観る前から充分に心得ている。そういう作品のひとつが『ジューリアス・シーザー』(一五九九年頃初演)である。

この作品は、言うまでもなく、古代ローマの指導者ジューリアス・シーザーが(なお、登場人物の名前についてはラテン語ではなくて英語の発音に基づく表記を用いる。ラテン語風の表記なら、この人物の名は「ユリウス・カエサル」となる)、ブルータスなどの謀叛人によって殺害され、ついでブルータスなどを倒したマーク・アントニーたちがローマの支配権を握るという物語を扱っている。

シェイクスピアの観客にとって、この物語はなじみ深いものだったと考えられる。そう考えるについては、有力な証拠がある。『ハムレット』(第三章第1節参照)の最初の場面で、この劇の主人公であるデンマーク王子ハムレットの親友のホレイシオーが、その場にいる人々に向って、シーザーが殺される直前のローマでは不思議な事件が続発したという趣旨のことを語るのだが、観客がシーザーについて全く何も知らなかったら、この台詞は意味をもたない。そもそもこの台詞は、劇の展開にとって不可欠なものではない(『ハムレット』の基本的な版は二種類あるが、現にそのひとつには、この台詞は現れない)。シェイクスピアは、なぜこういう無駄と言えば無駄な台詞を書いたのだろうか。

おそらく彼は、観客がある情報を既にもっていることを前提にして、ちょっとした遊びを試みたのであろう。もちろん観客の中には、『ハムレット』の一年か二年前に上演された『ジューリアス・シーザー』を観た者もいたに違いないから、シェイクスピアは、そういう観客に自分の最近の作品を思い出させるという、いささか馴れ合いじみた遊びも目論んでいたに違いない。いずれにせよ、当時の観客にとってシーザーの物語はなじみ深いものであったと考えるのが自然である。

観客の反応をもてあそぶ作者

ところがシェイクスピアは、作品の中で、シーザーの暗殺は避けられたかも知れないという印象を観客に与えるように、執拗に努力している。たとえば第一幕第二場で、ある占師がシーザーに向って、三月十五日に気をつけるように注意を促す。三月十五日とは、シーザー暗殺が実行されることになる日なのだが、占師の言葉の意味が理解できないシーザーは、それを無視する。しかし、かりにシーザーが占師の言葉に耳を傾け、予防策を講じていたら、彼は死なずにすんだのではないか。観客はこの場面で間違いなくそう感じるであろう。

シェイクスピアは、観客がそう感じるように仕向けることによって、史実を知っている存在としての観客の反応をいわばもてあそんでいるのである。そして、奇妙に思われるかも知れないが、反応をもてあそばれることは、観客にとっては快感を誘うのだ。

これに先立つ第一幕第一場で、二人の護民官がシーザーに対して批判的な言葉を口にする。護民官たちは、実際に暗殺に参加するわけではないのだが、彼等の台詞によって、観客は、ローマにはシーザーを嫌っている人間もいることを知る(そして次の場面で、占師が注意を促す)。つまり作者は、劇の最初の場面で、シーザー自身が登場する前に、彼が危険な状況におかれているらしいことを観客に悟らせるのである。

陰謀とその情報

もちろん観客の中には、シーザーがやがて暗殺されることを知らない――従ってシーザー自身と同じように、占師の警告の意味を理解できないひとも、いたかも知れない。だが、こういう観客といえども、間もなく事態を動きの取れないかたちで把握するようになる。なぜなら、一群の人々の間でシーザー暗殺の陰謀がめぐらされていることが明らかになるからだ。

陰謀者たちは、高潔な人柄で知られるブルータスを説得して暗殺に参加させようとする。彼が参加したら、シーザー暗殺という行為が世人に非難される可能性は弱まるからだ。ブルータスは迷う。もちろん彼は結局は暗殺に参加するのだが、もしも彼が参加していなかったら、暗殺は実現していなかったかも知れないと、観客は感じるに違いない。

他方シーザー自身は、陰謀が進行していることを知る由もない。丁度『ロミオとジュリエット』の観客が、恋人たちの死という当人たちが知らない結末を最初から知っているように、『ジューリアス・シーザー』の観客も、やがて起るシーザーの死という事件を当人が知らないうちに知ってしまうのだ。

暗殺の日と観客

劇は進み、占師が言及した三月十五日がやって来る。第二幕第二場である。シーザーの妻キャルパーニアは、夫が殺される夢を何度も見たのでひどく不安になっており、外出を控えるように夫に強く求める。そこへ、生贄《いけにえ》に捧げた獣に心臓がなかったという、不思議な事件についての報告がもたらされる。不吉な事件の連続に直面したシーザーは、元老院へ行くことを一度は思いとどまる。ここでまたもや観客は、もしも彼が元老院へ行っていなかったら殺されずにすんだのではないかという思いにかられるに違いない。シェイクスピアは明らかにそういう反応を期待している。同時にこの劇作家は、観客が、シーザーが実際には元老院で殺されたことを知っているという事実をも意識している。ここでも彼は観客反応をもてあそんでいるのである。

謀叛人のひとりであるディーシアスが訪れ、キャルパーニアが見た夢は実はめでたい夢だと主張するので、シーザーは翻意し、元老院へ出かけることにする。彼が暗殺される元老院の場面は戯曲の第三幕第一場だが、その前に、シーザーの暗殺は避けられたかも知れないと観客が感じる場面が、さらにもうひとつ現れる(シェイクスピアが、よく言えば用意周到な、悪く言えばしつこい劇作家であったことが、これで分る)。すなわち第二幕第三場で、アーテミドーラスという、暗殺計画のことを知っている人物が、謀叛人たちを名指しした手紙を書き、それをシーザーに読ませるつもりであることを独白で語るのだ。

いよいよ元老院の場面になる。占師が再登場する。シーザーは、三月十五日が来たと彼に言うが、占師は、まだ三月十五日は終ってはいないと答える。アーテミドーラスが問題の手紙をシーザーに差し出し、これはあなたにとって重要な文書だから、すぐに読んでくれと言う。するとシーザーは、自分個人に関係のある文書なら最後に読もうと返答する。もちろん大抵の観客は史実を知っているに違いないのだが、それでも、事態が破局に向って進む経過が眼前で細かく再現されることには興奮する筈だ。そしてこういう興奮が生じるのは、たとえば、もしもシーザーがアーテミドーラスの手紙を真先に読んでいたら、あるいは死なずにすんでいたかも知れないという思いを観客が抑えきれないからである。

もちろん、シーザーは暗殺される。だが、彼が死んだ後も、シェイクスピアは観客反応をもてあそび続ける。

過去と現在の二重性

暗殺者たちは、シーザー暗殺という行動の大義を——なぜ自分たちがシーザーを殺さねばならなかったかを——民衆に向って説明しようとする。だが、シーザーに可愛がられていたマーク・アントニーが登場し、自分にも発言させてほしいと言う。ブルータスは承諾する。暗殺の首謀者で、ブルータスよりも頭が働き、人心の動きを察する能力に長けているキャシアスは反対するが、高潔とも人がいいとも言えるブルータスは、自分の主張を貫く。

そして、まずブルータスがシーザー暗殺の正当性を民衆に訴えるのだが、次に登壇したアントニーの演説を聞いた民衆は彼の主張を全面的に受容れ、立場を失ったブルータスやキャシアスは身の危険を感じて逃れざるをえなくなる。彼等は結局は命を失うに至るのだが、もしも暗殺者たちがアントニーが発言することを許していなかったら——少くとも、ブルータスが発言した後でアントニーに発言させるという手順についてもう少し慎重であったら――シーザー死後の事件の展開は全く別のものになっていたかも知れないと、誰もが感じるに違いない。

こういう事件の描写そのものについては、シェイクスピアの独創はほとんど何もない。『ジューリアス・シーザー』のいちばん重要な典拠はプルタルコスの『対比列伝』(日本ではプルタークの『英雄伝』として知られている)だが、シーザーが暗殺を免れたかも知れないいくつかの状況については、すべて原典に記述がある。

しかし、プルタルコスの著作を読むのと、そこで述べられている事件が舞台で演じられるのを観るのとは、全く別の体験である。なぜなら、劇に仕立てられることによって、過去の事件は現在の事件となり、また、文字によって記述される事件は俳優の肉体や肉声によって具体化されるからだ。だが、観客にとって全く未知の事件が劇化される場合と違って、この劇の観客は、現在の事件のように見えるものが既に決着のついた過去の事件でもあることをたえず意識している。この劇の面白さは、シェイクスピアが観客の意識のこういう二重性を顕在化させることによって生じるのである。

シェイクスピアにとっての観客

それならシェイクスピアは、この作品が内容について予備知識をもっていない観客によって受容されることを全く想定していないのであろうか。甚だ興味深いことに、彼はそういう観客をも念頭においている。

第三幕第一場で、シーザー殺害を終えたばかりのキャシアスは、「これから先、この場面は、まだ知られていない言葉で何度も演じられることだろう」という趣旨の台詞を語る。キャシアスたちが知らない言葉といえば、さしずめ英語である。シェイクスピアは、キャシアスの自己投影的な台詞によって、古代ローマの事件が後代のイギリスで芝居に仕組まれるという事実に観客の目を向けさせているのだ。

同時にこの台詞は、作者が、自分自身の知らない言語(たとえば日本語)の存在を意識していることを示している。そういう言語によって演じられる『ジューリアス・シーザー』の観客は、シーザーの事跡について予備知識をもってはいないかも知れない。眼前の観客が二重の意識をもって作品を受容することだけではなくて、観客のあり方が多様なものになりうることをも、シェイクスピアは知っていたのである。

3　観客を拒絶する『アントニーとクレオパトラ』

『アントニーとクレオパトラ』(一六〇六年頃初演)の物語は『ジューリアス・シーザー』の後日

談である。「シーザー死後のローマを動かす重要人物のひとりとなったマーク・アントニーは、エジプトの女王クレオパトラとの恋愛に溺れている。だが、捨ておかれた妻ファルヴィアが死んだという知らせを受けてエジプトからローマへ戻り、険悪な関係にあるもうひとりの権力者オクテイヴィアス・シーザーの姉オクテイヴィアと再婚する。しかし、アントニーはクレオパトラと別れることができない。結局、彼とオクテイヴィアスとは戦うことになる。敗れたアントニーは自殺する。クレオパトラも彼の後を追う。この物語も、『ジューリアス・シーザー』の物語と同じく、シェイクスピアの観客にとってはなじみ深いものであったと考えるべきである(シェイクスピアがよりどころにしたのは、今度もプルタルコスの『対比列伝』であった)。

多くの場面を含む劇

しかし、劇の進め方においては、『ジューリアス・シーザー』と『アントニーとクレオパトラ』との間にはほとんど何の共通点もない。二篇の戯曲の違いは、たとえば場面の数に現れている。すなわち、前者は十七の場面からなるが、後者は実に四十二の場面を含むのである。

近代以後の多くの劇場と違って、シェイクスピアの時代の劇場では、装置が用いられることは事実上なかった。この時代の舞台は、基本的には、いわゆる張出《はりだし》舞台であったから——つまり、演技空間が客席に向って突き出していたから——大がかりな装置を組むことはなかった。

また、シェイクスピアの劇団の本拠だったグローブ座のような公衆劇場は屋根がなく、芝居は太陽光線の下で演じられたから、照明を用いることもなかった。従って、装置や照明の変化という視覚的手段によって、場面転換を観客に伝えるやり方――現代の観客が当然視しているやり方――は、考えられなかったのである。エリザベス朝演劇とは、現代の観客には想像できないほど、台詞を重視した――観客の視覚よりも聴覚に強く依存した――ものだった。

それなら、場面転換はどうやって観客に伝えられたのか。実は、シェイクスピアの時代の劇には、人物の登場と退場とに関わる約束事があった。すなわち、無人の舞台に誰かが登場したら、それは新しい場面の始まりを意味した。その後、たとえ人物の出入りがあっても、舞台に誰かがいるうちは、場面は同じである。そして、舞台が再び無人状態に戻ると、その場面は終ったことになる(その次に誰かが登場したら、それは新しい場面が始まったことを意味するのである)。こういう約束事を念頭において『アントニーとクレオパトラ』を吟味すると、四十二もの場面が含まれていることが分る。

しかし、いくら場面が多くても、戯曲全体が異常に長いわけではないから、個々の場面が比較的短いことは容易に想像できるであろう。このことは、観客が物語の流れに没入し、人物と一体になるのを困難にする。観客が劇の世界に引きこまれ、我を忘れるためには、どうしても、ある程度以上の時間が必要になるからだ。『ジューリアス・シーザー』の場合には、ブルータスの心理の流れが時間をかけて辿られたりするので、観客がブルータスの内面に入りこんだような思いにかられることがあったが、『アントニーとクレオパトラ』では、そういうことはあまり起らない。短い場面を羅列することによって、この劇は、観客を引きこむよりも、むしろ遠ざけるのだ。

視点の拡散という手法

劇と観客との間に距離を生じさせるために、シェイクスピアは他にもさまざまの手法を用いている。そのひとつは、視点の拡散という手法だ。アントニーもクレオパトラも、自らのあり方を観察して台詞を語ることがある。だが、両者の観察は必ずしも一致してはいない。両者の認識には大きなずれがあると言うべきかも知れない。

それだけではない。二人の中心人物以外の多くの人物が、二人のあり方について意見を述べたり批評を加えたりする場面が頻出する。こんな風に多様な視点が提示されると、観客には、特定の視点から状況を捉えることができなくなる。観客は、どの人物に対しても距離を保ち、二人の中心人物を冷やかかに眺めるようになるのである。

恋愛と権力闘争がからまり合う

『アントニーとクレオパトラ』は題名になっている二人の人物の恋愛と破滅とを扱った劇であるかのように思いこんでいるひとがいるかも知れないが、

二人の恋愛と破滅は実は物語全体の一面にすぎない。庶民の恋愛は単なる私事だが、ローマの最高権力者のひとりとエジプトの女王との恋愛は、私事とは言えない。二人の行動は、世界のあり方――当時の意識においては、世界全体のあり方――に対して影響を及ぼさずにはおかない。

二人は私人であると同時に公人でもあるのだ。ことにアントニーは、恋する男であると同時に有力な政治家で軍人でもある。彼は最後にはオクテイヴィアス・シーザーと武力を用いて対決するのだが、そこに至るまでに、いくつもの権力闘争に巻きこまれる。端的に言うなら、『アントニーとクレオパトラ』とは、アントニーからオクテイヴィアス・シーザーへ権力が移って行く過程を辿った劇なのである。

ほとんどのシェイクスピア劇の例に洩れず、この劇も後代に改作された。一六七七年、王政復古期の文人ジョン・ドライデン(一六三一～一七〇〇)が、この劇を下敷にした『すべては愛のために』という作品を発表したが、この作品においては、権力闘争は背景に退き、恋愛が前面に出ている。この劇のアントニーは、少し下世話な言い方をするなら、正妻と愛人との間で迷う優柔不断な男なのである。

だが、シェイクスピアの劇は違う。そこでは恋愛の物語と権力闘争の物語とは、複雑にからまり合っている。そして、一方は他方を相対化している。観客は二つの物語の両方を追わざるをえないのであって、どちらかひとつだけに没入することはできない。

分別ある大人の主人公

だが何よりも決定的なのは、アントニーもクレオパトラも、自らを対象化する能力をそなえているという事実である。アントニーは分別をそなえた大人であり、クレオパトラとの恋愛に耽るという行動が不適切なものであることを充分に自覚している。クレオパトラがしたたかな女で嘘つきであることも、彼は知っている(敢えて言うなら、クレオパトラのそういうあり方が自分にとっては魅力の源になっていることも、彼は知っている)。この男の心理や感情とこの男の行動とは分離している。この男の行動は、何ほどか演技性を帯びざるをえないのだ。

同様に、クレオパトラは手練手管に長けた女である。第一幕第三場、つまり劇が始まってまだそれほど経ってはいない段階で、彼女は侍女のひとりをアントニーのもとへ差し向け、「もしもあの人が沈んでいたら、私は踊っているとお言い。あの人が楽しげだったら、私が急病だと言うのだ」と告げる。もちろんこういう態度を、恋人同士の戯れを示すものとして理解することはできる。だが大抵の観客は、クレオパトラが甚だ扱いにくい女であることに早い段階で気づくであろう。

彼女のこうした手練手管は、最後に裏目に出る。オクテイヴィアス・シーザーとの決戦に臨んだアントニーは、エジプトの艦隊が降伏したために、敗れてしまった。アントニーは不実なクレオパトラに対して激怒する。クレオパトラは従者をアントニーのもとへ送り、自分が自殺したと述べさせる。ところが、アントニーはその話を信じ、絶望して自殺を試みる。瀕死のアントニーはクレオパトラがこもっている場所へ運ばれた上で、絶命する。自分の嘘が思いがけない結果を招いたことを悟ったクレオパトラも、やがて自殺する。

二人の恋人がいわば手違いによって死んでしまうというこの結末には、『ロミオとジュリエット』の結末に通ずるところがあるが、それは物語の構造面だけの話であって、物語を支える人物としてのアントニーとクレオパトラには、若いロミオとジュリエットがもっている一途さは全く認められない。

「異化効果」理論の先取り

『アントニーとクレオパトラ』の物語は、シェイクスピアの時代の観客にとっては既知のものだったが、それをシェイクスピアは解体している。長く密度の高い場面によって劇を組み立てることを、彼は、おそらく意図的に避けた。

分断された物語は、観客の没入を拒否する。中心人物二人のあり方は、当の中心人物二人はもちろん、周囲のさまざまの人物の視点にさらされることによって、多角的に捉えられる。観客は、どの人物の視点をも自分の視点とすることができない。この劇は、観客が人物に同化することを徹底的に妨げているのである。

もしも作者が、この劇の物語が観客にとっては未知のものであるかのように振舞い、観客の同化を誘ったりしたら、観客は間違いなく白けるであろう。物語が観客にとって既知のものであるという事実をシェイクスピアは逆手に取り、劇と観客との間に確実に距離が保たれるための有効な条件として利用している。『アントニーとクレオパトラ』という劇についていちばん面白いのは、物語そのものよりも、観客がその物語に対してどんな関係をもつかという問題であるかも知れない。

もしそうなら、この作品は、すでに序章で言及したブレヒトの理論を先取りした、実験的な劇と見なすことができる。ブレヒトは、これから演じられる場面の内容をスライドで予告するといった手段を用いて、観客にとって未知の事件を既知の事件とし、観客が劇中人物に同化しないようにした。シェイクスピアは、最初から観客にとって既知の事件を劇の素材とすることによって、スライドによる予告などといった手間をかけることなく、《異化効果》を難なく生み出した。

4　『リチャード三世』と史実とのずれ

シェイクスピアの一群の歴史劇の中核をなすのは、イングランドの王位をめぐる争いを主として描いた八篇の作品、すなわち、扱われている事件が起った順序に従うなら、『リチャード二世』、『ヘンリー四世』第一部及び第二部(第一章第5節参照)、『ヘンリー五世』(第一章第5節参照)の四篇と、『ヘンリー六世』第一部、第二部及び第三部、『リチャード三世』の四篇とである。戯曲が書かれた時期を基準にして、最初の四篇を「第二・四部作」、後の四篇を「第一・四部作」と呼ぶこともある。これらの劇を通じて、シェイクスピアは、ランカスター家とヨーク家の王権争いがいわゆる薔薇戦争(一四五五年に始まり、一四八五年まで続いた)を起し、やがて両家の融和によって内戦が終結するまでの経過を描いた(薔薇戦争という言い方は、ランカスター家が赤い薔薇、ヨーク家が白い薔薇を、それぞれ家のしるしとして用いたという故事に由来する)。この作品群を吟味すると、作者がしばしば史実をかなり大胆に改変していることが分るのだが、史実を自由に扱うという作業には自ずと限度がある。結果として、シェイクスピアの歴史劇が観客にとって既知の事実を扱っているという事情は変らない。

『リチャード三世』(一五九三年頃初演)も例外ではない。この劇は細部においては史実と異る点が少くないのだが、グロスター公リチャードが王位についてリチャード三世となり、戦に敗れて死ぬという物語そのものは、史実通りである。但し作者は独自の工夫を凝らし、作品が観客にとって新鮮なものに感じられるように配慮した。すなわち、主人公リチャードに何度も独白を語らせ、観客がこの人物の視点を通じて状況を捉えるように仕向けたのである。

独白という手法

劇はまずリチャードの四十一行に及ぶ独白で始まる。最初の十三行で、彼は、兄エドワード四世が率いるヨーク軍がランカスター軍に対して勝利を収めたので(これは歴史上の事件としては一四七一年に起った)、ヨーク家が権勢を享受する平和な世の中になったと語る。続く十四行では、彼は、自分には肉体的障害があって、色恋沙汰とは無縁である旨述べる。そして最後の十四行で、自分が悪だくみをめぐらしたことを明かす。

つまり、世のありようという一般的な話題から、自分のありよう、そして自分の行動という個人的で具体的な話題へと移って行くのだ。この場面の最後で、彼はもう一度長い独白を語り、邪魔者を除いて自分が王位につこうと考えていること、そのための手段として、既に世を去っているヘンリー六世の息子の未亡人アンと結婚するつもりであることを述べる。

作者を代弁する独白

近代リアリズム劇なら、登場人物が自分の行動の計画を観客に向って長々と説明するなどということは考えられないが、シェイクスピアの時代の劇では、これは決して珍しいことではなかった（同じことをする人物として、たとえば『オセロー』〔第三章第2節参照〕のイアーゴーを挙げることができる）。この場合、語り手は自分自身から何ほどか距離をおき、コーラスのようなあり方をそなえるようになる。別の言い方をするなら、この人物は一種の狂言回しとなり、今後の劇の展開を支配しようとしているのだから、作者の代弁者として機能していることになる。

物語自体は観客にとってなじみ深いものかも知れない。だがシェイクスピアはリチャードの独白によって、物語自体よりもそれが展開して行くやり方の方に観客の注意を惹きつけている。彼は、自分がどんな風に劇を組み立てるつもりであるかを観客に知らせることによって――いわば、自分の手の内を明かすことによって――観客が劇に対する興味を失わないようにしているのである。

観客とリチャードの距離感

リチャードの独白は、語り手リチャードと観客との間に生じうる距離を縮めてもいる。他の人物たちが知る由もないことを観客は知ってしまうから、観客はリチャードとほとんど一体になり、リチャードと視点を共有し、他の人物たちよりも優位に立ちながら、劇の状況を眺めることになるのである。しかし、観客がリチャードと完全に一体になるかというと、必ずしもそうとは言い切れない。

厳密に言うと、リチャードという人物にはふたつの面がある。ひとつは、卑劣な手を次々に繰り出して王位に近づいて行く行為者という面だ。もうひとつは、自らのそういう行動を突き放して眺め、それに対して批評を加える認識者という面だ。観客が一体になるのは、後者のリチャードなのであり、前者のリチャードに対しては、観客は、他ならぬリチャード自身とともに、距離をおいて接するのである。

劇の発端においては、リチャードは自分がおかれている状況を完全に統御している。この状態はかなり長く続き、彼は確実に王位に接近して行く。しかし、いつまでもこういう状態を維持できるわけがない。事態は彼の計算通りには推移せず、状況は次第に彼の手にあまるものとなって行く。

興味深いことに、まるでリチャードと彼を取りまく状況との関係が変化するのを反映するかのように、リチャードの独白は減って行く。第一幕第二場でアンに強引に求婚した後、彼は長い独白を語るが、それを最後として、第五幕第三場まで、長い独白が現れることは一度もない。では、第五幕第三場の独白はどんな内容のものか。

この場面のリチャードは、ランカスター家のリッチモンド伯ヘンリーが率いる軍との決戦を翌日に控えて眠っている。すると夢の中に、リチャードに亡ぼされた人々の亡霊が現れ、彼を呪う。リチャードは悪夢から醒め、恐怖にかられて自分のあり方を顧みる。それがこの独白なのである。そこには、劇の発端部の独白を支えていた自信や余裕は全く認められない。この独白は、観客に向ってというより自分自身に向って語られるものとして理解する方が自然であろう。

史実に反する設定の意味

こういうわけで、シェイクスピアは観客がリチャードと視点を共有するように劇を仕組みながら、同時に、観客がリチャードに対して距離をおくように注意するという、一見矛盾するようなことをしているのだが、このやり方を徹底させるために、彼はある奇手を用いた。すなわち、ヘンリー六世の妃マーガレットが、第一幕第三場と第四幕第四場と、二度にわたって登場するのである。

歴史上の人物としてのマーガレットはフランス人で、一四七一年の戦でランカスター軍がヨーク軍に敗れた後、捕えられて幽閉された。そして一四七五年に解放されて、翌年フランスへ送られ、二度とイングランドに戻ることなく、一四八二年に死んだ。『リチャード三世』の個々の場面が、実際の歴史のどの時期を扱っているかを見定めようとするのは、容易でもなく、あまり意味もない(この劇は、一四七一年の戦の直後から、一四八五年のリチャードの死までの期間を扱っている筈だが、戯曲を読んだり上演を観たりして、それだけの長さの時間の経過を感じ取るひとは、おそらくいないであろう)。いずれにせよ、第一幕第三場は、マーガレットがまだ幽閉されていた頃に設定されていると考えるのが自然だろう。

すると、シェイクスピアがこの人物をエドワード四世の宮廷に登場させているのは、史実を念頭におくなら説明がつかない。また、リチャードが即位したのは一四八三年だ。第四幕第四場で、マーガレットはまだイングランドにいることになっているが、既にこの場面より前にリチャードは王位についているから、史実に従うなら、マーガレットはイングランドにいないのはもちろん、この世にもいなかったことになるのである。要するに、マーガレットの二度の登場は、完全に史実を無視した事件なのだ。

観客を驚かす仕掛け

しかもシェイクスピアは、作品の中で、自分が史実を無視していることに婉曲に言及している。第一幕第三場でマーガレットが人々の前にすがたを現すと、リチャードは彼女に向って、「あなたは追放されているのだから、こんなところにいたら死刑になる筈ではないのか」という意味のことを言う。また、第四幕第四場の冒頭では、マーガレット自身が、「自分の敵たちが悲惨な目に遭うのを見届けたから、そろそろフランスへ帰ろう」という趣旨のことを語る。

もちろんどちらも、実際に語られた筈のない台詞であり、しかも、実は意味をなさない台詞だ。追放処分を受けた人間が自由に動きまわるなどということは考えられないからだ。つまり、これらの台詞は、シェイクスピアが自作を効果的なものとするためには手段を選ばない、甚だしたたかな劇作家であったことを、如実に示している。

現代の観客は、このことにすぐには気づかないかも知れない。しかし、初演当時の観客にとっては、この劇は僅か百年あまり前の事件を扱ったものだった。だからマーガレットの登場は、既知の事件を扱っている筈の劇に含まれる未知の事件だった。これは、多くの観客を驚かせる意外な事件だったのではないか。そして、観客を驚かせることこそ、まさにシェイクスピアが狙っていたことであったに違いない。

結末を見届ける人物

それでは、史実を無視してまでシェイクスピアが登場させたマーガレットは何をするのか。まず第一幕第三場では、彼女は、横柄な態度を取るリチャードを始めとする宮廷人たちに悪罵を浴びせる。そしてリチャードを呪う。リチャードの協力者であるバッキンガムには、リチャードに気をつけよと警告する（もちろん彼女の予言は実現し、随分汚いこともやってリチャードを王位につけるように努力したバッキンガムは、やがてリチャードから見捨てられ、命を奪われる)。

第四幕第四場のマーガレットは、不幸な身の上をかこつ宮廷の高位の女たちとともに、歎きの言葉を洩らす。彼女は第一幕第三場で予言した事柄が実現したのを、見届けているとも言えるだろう。『リチャード三世』という戯曲を通じて、シェイクスピアは主人公に対する観客の立場が二重性をもったものになるように、丹念に工夫しているのだが、マーガレットの登場は、こういう工夫の最も顕著な現れなのである。

5 劇の時間、観客の時間――『ヘンリー五世』の場合

『リチャード三世』において、シェイクスピアは、主人公がある程度はコーラスの役割を果すように仕組んだ。だが『ヘンリー五世』(一五九八〜九九年頃初演)のコーラスは、完全に劇の外部にいる独立の存在だ。このコーラスは五つの幕のそれぞれの冒頭と劇全体の終りとに、つまり合計六回登場する。コーラスがこのように何度も何度も登場するシェイクスピア劇は、『ペリクリーズ』(第五章第2節参照)を除けば他にはひとつもない。そして『ヘンリー五世』のコーラスは、観客の眼前で展開するものが芝居であること、現実の再現ではなくて虚構であるこ

とを、執拗に強調する。

このコーラスは観客が芝居の世界に没入し、主人公のヘンリー五世に同化することを、徹底的に妨害しているように見える。コーラスが劇と観客とを仲介する存在であることは、『リチャード三世』においても『ヘンリー五世』においても変らないが、その機能は二篇の劇において正反対の方向を取っている。なぜ『ヘンリー五世』のシェイクスピアが、コーラスをこれほどしつこく登場させ、観客を白けさせようとしたのかは、もちろん分らないが、こういうコーラスがどんな効果を生み出しているかを吟味することはできるであろう。

コーラスと劇の虚構性

『ヘンリー五世』は、イングランドの王ヘンリー五世が自分にはフランスの王位を継承する権利があると主張し、フランスへ侵攻するところから始まる。イングランド軍はフランス軍との戦いに勝つ。両国の間には和睦が成立し、ヘンリーはフランス国王の娘を妃に迎える。これがこの劇のおよその物語である。

劇を通じて、どうやらコーラスは相反するふたつのことを同時にやろうとしているように見える。まず劇の冒頭で、コーラスは、次のような趣旨のことを語る――「広大な戦場で展開する勇ましい戦の模様をお見せしたいのだが、俳優は技量が足りず、劇場は狭いから、とてもそういうことはできない。そこで観客の皆さんは想像力を働かせて、ひとりの兵士が登場したら、千人の兵士がいるのだと思い、馬についての台詞が語られたら、眼前を馬が駆けて行くのだと考えてほしい」。

観客が劇を厳しい目で見ないようにと謙虚な態度で願う台詞を冒頭で語るのは、古くからの仕来りであり、コーラスは確かにこの仕来りに従っている。しかし、この台詞は一種の開き直りでもある。「ひとりの兵士がいたら、千人の兵士がいると想像せよ」という台詞は、実際には千人ではなくてひとりの兵士しかいないという事実に、わざわざ観客の注意を向ける結果となる。

ここで用いられているのは、いわゆる《仕掛けの露呈》という手法だ。記号としての劇が表示しているものと、それによって表示されているものとの間には分裂があるという事実を指摘しているコーラスは、いわば演劇を記号論的に分析しているのである。近代リアリズム劇の作者なら、演劇は虚構であること、表示するものと表示されるものとの間には距離があることを、なるべく隠すようにするものだが、シェイクスピアはこのことをわざとあからさまに示しているのである。

しかも、まことに皮肉なことに、『ヘンリー五世』には勇壮な戦闘の場面などはほとんど現れない。まるでシェイクスピアは、コーラスによる予告とそれに続く幕との分裂を楽しんでいるかのようだ。たとえば第二幕に先立って、コーラスは、「今やイングランドの若者はすべて勇猛心にかられ、名誉のことしか考えていない」と述べるのだが、それに続く第二幕第一場に登場するのは、勇猛心とも名誉ともおよそ縁のない人物たちである。

結末で観客を突き放す

第二幕に先立つコーラスの台詞には、王の腹心である三人の男がフランスに買収されて王を裏切ったので、処刑されることになるという陳述も含まれている。これは、まだ起ってはいない事件を予告する台詞である。だから、やがて問題の三人の人物が登場した時には、観客は、既に結末を知っている者として、事件の進行を距離をおいて眺めるようになる(ここにもブレヒト風の異化効果が認められる)。

こんな風に、コーラスの台詞は観客と劇の世界との間に距離を生じさせ、観客が劇の世界に没入するのを妨げるのだが、そういう意味で最も驚くべき台詞は、劇の最後にコーラスが語るものである。

イングランド軍はフランス軍を破った。イングランドはフランスを手に入れた。観客にとっては、満足の行く結末である。ところがコーラスは、「ヘンリー五世に続いてヘンリー六世がフランスとイングランドの王になったが、国内で争いが多発したので、フランスを失い、またイングランドでは多くの人々の血が流された」と語る。これを聞いた観客は、冷水を浴びせられたような思いになったに違いない。

劇『ヘンリー五世』にとっては、ヘンリー六世の時代は未来である。しかし、『ヘンリー五世』の観客にとっては、それは既に過去になっている。しかもシェイクスピアは、「ヘンリー六世の時代の事柄は、この舞台でも何度もお見せしたが、そちらの芝居に免じて、この芝居も温かく迎えて頂きたい」といった言葉で、コーラスの台詞を結ぶのだ。

確かにシェイクスピアは、『ヘンリー六世』三部作を既に発表していた。そしてそれは、人気作品だった。しかし、劇というものは、建前においては、観客が住む現実の世界とは別の世界を扱っている。その結びで、シェイクスピア自身の別の劇という、現実の世界——作者シェイクスピアと観客が共有する別の世界——に属するものに言及するなどといったことが、許されるのだろうか。

コーラスの最後の台詞は、全体で十四行あり、きちんと脚韻を踏んでいる——つまり、ソネット形式を守っているのだが、この整った台詞は、劇のめでたい結末を対象化し、かつ、観客が観ていたものが劇にすぎなかったことを、観客に思い出させる。なぜシェイクスピアは、これほど徹底的に観客を突き放したのだろうか。

ふたつのプロットをつなぐハル王子

ヘンリー五世がシェイクスピアの戯曲に登場するのはこれが初めてではなかったという事実は、あるいはこの疑問を解く手がかりになるかも知れない。この人物は、『ヘンリー四世』第一部(一五九六〜九八年頃初演)と第二部(一五九七〜九八年頃初演)にも登場する。この二篇の劇では、彼は国王ヘンリー四世の皇太子であり、しばしばハル王子と呼ばれる(第二部の最後に、彼は死んだ父王の後を継いで即位し、ヘンリー五世となる)。

『ヘンリー四世』二部作は、典型的なダブル・プロットをもった作品だ。一方では、それは、ヘンリー四世に対する一部の貴族たちの謀叛と、それを鎮圧しようとする国王側の動きとを扱う。他方では、ロンドンの酒場を根城にする、一群のいかがわしい者たちの生活を扱う。後者の中心にいるのは、好色で臆病な肥った騎士サー・ジョン・フォールスタッフだ。つまり、宮廷を中心とした国事と酒場やその周辺で展開する俗事とが並行して描かれるのである(前者の場面は主として韻文で、後者は主として散文で書かれている)。そして、ふたつのプロットをつなぐ人物が、ハル王子なのである。

彼は宮廷で国事を論じたり、叛徒鎮圧の軍を率いて出陣したりする(こういう場面では、彼の台詞は韻文で書かれている)。同時に彼はフォールスタッフやその仲間たちを相手に愚行に耽る(こういう場面では、彼の台詞は散文で書かれている)。ハルの素行は父王にとっては悩みの種だが、ある場面で、ハルは独白を語り、愚行に耽る自分は本当の自分を隠しているのだと語る。そして、いよいよ王になった彼は、古いなじみのフォールスタッフを追放する。

シェイクスピアは、サー・ジョン・オールドカースルという実在の人物をもとにして、フォールスタッフを造型したのだと、学者たちは考えている。オールドカースルが登場する戯曲もあり、シェイクスピアはそういうものを参考にしたのかも知れない。但し、この戯曲の最初の版は残っていないから、シェイクスピアがオールドカースルの人物像をどのように変えてフォールスタッフにしたかについては、厳密なことは分らないのだが、相当自由に手を加えたと考えるのが自然であろう。たとえ実在の人物に基づいていても、フォールスタッフはシェイクスピアが創作した人物だと言い切っても差し支えないと思われる。

ヘンリー四世に対する謀叛は史実だが、『ヘンリー四世』は作者の創作を大量に含む劇なのだ。ハル王子はこういう劇の登場人物として、最初に観客の前に現れるのである。

前作の記憶を利用する

『ヘンリー五世』を発表した時のシェイクスピアが、自分が相手にしている観客が『ヘンリー四世』をよく記憶しているという前提に立っていたことは、確実だ。『ヘンリー五世』には、『ヘンリー四世』でフォールスタッフとつき合いのあった人物が何人か登場する。フォールスタッフ自身は登場しない。しかし第二幕第一場で、彼が重病であること、そして第二幕第三場で、彼が死んだことが、伝えられる。観客がフォールスタッフを覚えていなければ、これらの台詞は意味をなさない。フォールスタッフは観客の記憶の中では確かな存在感をもっていたのである。

ヘンリー五世という人物の場合も、事情は同じではないのだろうか。『ヘンリー五世』の観客の想像力にとって現実感があったのは、歴史上の人物としてのヘンリー五世よりも、むしろシェイクスピアによって既に劇化されていたハル王子だったのではないだろうか。観客は、ヘンリー五世を成長を遂げたハル王子として受取ったと考えるべきであろう。シェイクスピアは、既に劇中人物と化していた実在の人物を、もう一度劇化したのだ。

演劇に対する言及に富む、コーラスの自己投影的な台詞は、再演劇化という作業を作者が確認し、また観客に確認させるために、不可欠の手段だったのではあるまいか。

第二章　喜劇の観客は何を笑うか

1 『じゃじゃ馬ならし』のヒロインは変身したのか

際立った性格ないし性癖をもった人物を主人公にしたら面白い喜劇が生れると考えている人は意外に多いのではないだろうか。だが、この考えには何の根拠もない。たとえば、極度にけちな人物を主人公にした喜劇を書くとする。十七世紀のフランスを代表する喜劇作者モリエールの『守銭奴』はまさにそういう作品だが、主人公の吝嗇《りんしょく》ぶりは、実は劇を進めるための契機の一部としてしか利用されていない。この人物は男やもめで、再婚を目論んでいるが、その相手はたまたまこの男の息子の恋人であるとか、この男の娘はこの男の召使とひそかに愛し合っているとかという、主人公の性格とは別に関係のない設定を、モリエールは大幅に採り入れて劇を成立させている。それは当然だ。なぜなら、主人公がけちであることを観客に印象づけてしまったら、金銭のからむ状況で主人公がどんな風に振舞うかは、観客には簡単に予想がつくからだ。観客が先を読むことができる劇、観客に驚きをもたらさない劇は、面白い劇にはならないのである。

衝突と意外な成り行き

シェイクスピアの『じゃじゃ馬ならし』（一五九〇～九一年頃初演）の中心人物のひとりは、キャタリーナという極めて激しい性格の女性である。この女の極端な性格やそれに基づく行動を示すことによって観客を笑わせることは、ある程度は可能だが、やはりそれには限界がある。キャタリーナの行動は、やがて、観客が予想できるものになってしまうからだ。

そこで作者は、彼女に劣らず気性の激しいペトルーチオーという男を登場させ、二人の衝突を見せて観客を笑わせようとする。しかし、この作業にも限界がある。なぜなら、二人の争いは、男が勝つか、女が勝つか、それとも引分けないし喧嘩別れに終るかという、三通りの結末しかもちえないからである。実際には、男が高圧的な態度を貫き、女を意のままに操るようになる。

そこに至るまでの二人の対決を描くシェイクスピアの筆致には、生気が横溢しているから、観客が退屈することはおそらくないであろう。その上、男が女を従順な存在に仕立てることに成功したかに見えた時、シェイクスピアは観客が意外に感じるに違いない状況を示す。これによって、二人の物語は複雑さをそなえたものとなるのである。

夫は妻を手なずけたのか

キャタリーナ相手に強引に結婚式を挙げたペトルーチオーは、一旦、自分の出身地であるヴェローナへ戻り、新妻に対して横暴に振舞うことによって彼女を手なずけようとする。やがて二人はキャタリーナの故郷パデュアへ向う。戯曲の第四幕第五場である。

空には太陽が照っているが、それを見てペトルーチオーは、月が輝いていると言う。キャタリーナはもちろん否定するが、ペトルーチオーがあまりにしつこいので、彼の主張を容れて、「あれは月だ」と言う。するとペトルーチオーは前言を翻し、あれは太陽だと言う。キャタリーナは、「あれは確かに太陽だが、月と見なすにせよ太陽と見なすにせよ、あなたが言うことに私は従う」といった趣旨のことを述べる。

次に二人は老人に出くわす。するとペトルーチオーは、彼が若い娘であるかのように話しかける。キャタリーナが同じことをすると、ペトルーチオーは、この人は男ではないかと言う。もちろん今度も、キャタリーナは夫に調子を合せる。

こういうやりとりを聞いて、ペトルーチオーの横暴な振舞いは功を奏し、キャタリーナは従順な妻になったのだと理解する観客がいるだろうか。いるかも知れない。しかし、そういう理解が非常に素朴で軽率なものであることは、指摘しておかねばなるまい。キャタリーナは、真実がどうであれ、また、自分の本心がどうであれ、自分はペトルーチオーの言うことに調子を合せることにすると宣言しているのである。別の言い方をするなら、彼女は自分の行動は演技にすぎないと述べているのだ。

理窟を言うなら、こういう開き直りを台詞にしたりせず、本心を隠して夫に調子を合せる方が演技が徹底したものになるとも考えられる。だがそれでは、この女は本当に従順な妻になったのだと、観客が思いこむおそれがある。そこでシェイクスピアは、この女に、自分の手の内を明かす台詞を語らせ、この女の行動について観客が疑問をさしはさむ余地がないようにしている。つまり彼女のこういう台詞は、劇の流れそのものよりも、観客が劇を理解するあり方にとって必要なものなのだ。

『じゃじゃ馬ならし』の中心的なプロットを通じて、シェイクスピアは、《じゃじゃ馬ならし》という行為は、妻が夫に従うという演技をし、夫もそれを受容れるというかたちで完成することを示した。夫は本当に妻を手なずけたわけではないのだ。

演技する登場人物たち

この劇のもうひとつのプロットにおいても、演技は重要な役割を果す。キャタリーナにはビアンカという妹がいるが、この女はしとやかな女なので——あるいは、しとやかな女に見えるので——何人もの男が言い寄っている。だが姉妹の父親は、キャタリーナの夫が見つかるまではビアンカが結婚するのを認めないと宣言している。だから、ペトルーチオーが出現し、キャタリーナを口説く気になったことは、ビアンカの求婚者たちにとっては大いに歓迎すべき事態なのである(ふたつのプロットはこうして結びつく)。

一方、この町へルーセンシオーという金持の若者が召使を伴ってやって来た。彼はビアンカを見初《みそ》めるが、彼女の父親が娘のための家庭教師を求めていることを知って、身分を偽り(本来の身分のままでは、家庭教師として雇われるのは無理である)、偽名を用いて彼女の家庭教師となることに成功する。彼はビアンカに対して自分の愛情を告白し、自らの正体を明かす。ビアンカも彼に好意を抱くようになる。とうとう二人は秘かに結婚してしまう。

こういう状況において、ルーセンシオーとビアンカとは——とりわけルーセンシオーは——周囲の人物から自分の本当のすがたを隠しているのだから、彼等の行動は演技になる。ある段階以後のキャタリーナが、自分の本心に反してもペトルーチオーが主張することに従って行動しようとすることが演技であるのとは異るが、どちらの場合も、人物の行動が、何ほどかの嘘を含んでいるという意味で演技であることは変らない。

もちろん、ルーセンシオーとビアンカとは周囲の人間たち(特にビアンカの父親)を欺こうとしているのだから、この二人の行動の方が高度の演技性をもっていると言える。そして、これが肝腎の点なのだが、観客にはすべての事情が分っている。だから観客の関心は、彼等の嘘がいつ、どのようなかたちで周囲の人間たちに露見するかという点に、もっぱら集中する。

状況認識の差が喜劇性を生む

これは喜劇にはしばしば認められる設定だが、この設定の喜劇性は、個々の人物の性格ではなくて、状況そのものから発している。具体的に言うと、ルーセンシオーやビアンカの状況認識と周囲の人物たちの状況認識との間には差があるという事実が――さらに具体的に言うと、ルーセンシオーやビアンカは周囲の人物が知らないことを知っているという事実が――観客の笑いを誘発するのである(もちろん、観客はすべてを知っていることが、大前提になる)。

キャタリーナとペトルーチオーのプロットの場合には、二人の極端な性格が観客を笑わせたのだが、ルーセンシオーとビアンカのプロットにおいては、そういうことは全くない。『じゃじゃ馬ならし』という劇は、激しい性格の男女のいがみ合いを描いたものとして理解されがちだが、実際には、この作品は他の要素をも大量に含んでいるのである。

やがてルーセンシオーとビアンカの関係は人々の知るところとなり、二人の結婚も認められる。ビアンカの求婚者のひとりだったホーテンシオーという男は、ビアンカと結ばれる望みがないことを悟って、別の女と結婚する。キャタリーナとペトルーチオーを加えると、三組の夫婦が新たに誕生したことになる。

演技ができる女へ

この喜劇の物語には落ちがついている。ルーセンシオー、ホーテンシオー、ペトルーチオーという三人の夫が、賭けをする。別室にいるそれぞれの妻を呼びにやり、妻が素直にやって来たら、その女の夫が賭けに勝ったことになるのである。ルーセンシオーの妻のビアンカはしとやかな女の筈だったのに、忙しいから行けないと言って寄越す。ホーテンシオーの妻も、ホーテンシオーの方からやって来いと言う。ところがペトルーチオーの妻のキャタリーナはすぐに現れる。それどころか、彼女は他の二人の妻を呼び寄せ、夫を敬い、あがめることが妻たる者のつとめだという趣旨の訓戒を垂れる。

軽率な読者や観客は、《じゃじゃ馬》だったキャタリーナはしとやかな女に変り、しとやかな女だったビアンカは《じゃじゃ馬》になった（あるいは、《じゃじゃ馬》という正体を現した）のだと解釈する。だが、キャタリーナの大詰の台詞は、第四幕第五場の彼女の態度、つまり、理窟ぬきで夫の主張を受容れることにするという台詞とのつながりにおいて理解せねばならない。彼女は大詰においても芝居をしているのである。

この人物はしとやかな女に変ったと言うより、演技ができる女に変ったのだ。逆にビアンカは、ルーセンシオーの求愛に応じている間は演技に耽っていたのに、大詰では演技を捨てるのだ。姉と妹の変化を、しとやかであるかどうかという次元でのみ捉えるひとは、シェイクスピアが姉と妹を描く巧みでまぎらわしいやり方にだまされているばかりか、シェイクスピアが恐しい事実を突きつけていることに気づいてもいない。我々には、他人が演技をしているかどうかは、本当は分らない。我々は、他人の見かけを真実として受容れるほかないのである。

２　双生児という仕掛け――『間違いの喜劇』の場合

シェイクスピア劇には、作者の純然たる創作によるものは一篇もない。もちろん過去の文藝作品や歴史的資料といった原材料を作者が利用するやり方は戯曲によってさまざまだが、何らかの原材料に全く依存していないシェイクスピア劇はひとつもないのである（研究者の間では「原材料」ではなくて「材源」という言葉が使われることが多いので、以下、この言葉を用いる）。その意味では、シェイクスピアは近代以後の文学観が理想とするような《独創的》な作家ではない。敢えて言うなら、彼の独創性は、新たな物語の創造よりも材源の処理において発揮されたとさえ考えることができる。

それでは、シェイクスピアは材源をどのように利用したのか。この問題を吟味するための恰好の材料のひとつは、初期の喜劇『間違いの喜劇』(一五九四年頃初演)であろう。なぜなら、この作品の主な材源はある特定の戯曲ただ一篇であり、シェイクスピアはそれを非常に分りやすいかたちで変えているからだ。

材源をどう変えるのか

『間違いの喜劇』の材源は、古代ローマの喜劇作者プラウトゥスの『メナエクムス兄弟』である。この喜劇のおよその物語は以下の通りだ。双生児の息子をもった商人がいたが、ある時、この男は息子のひとりのメナエクムスを連れて旅に出た。ところが、人ごみに紛れて息子と別れ別れになり、心痛のあまり死んでしまった。父親と離れたメナエクムスは別の男によって育てられ、成人して結婚した。しかし、気性の激しい妻が気に入らないメナエクムスは、愛人を作った。一方、もうひとりの双生児はソシクレスという名だったが、孫の失踪を悲しんだ祖父によって、やはりメナエクムスと呼ばれるようになった。

この男は、行方の分らないメナエクムス(つまり、本来のメナエクムス)を探して旅に出、それとは知らずに、本来のメナエクムスが暮している土地へやって来た。これによってどんな混乱が生じるかは、容易に想像がつくであろう。すなわち、本来のメナエクムスの妻も愛人も、新しく現れたメナエクムスをこの土地に住んでいるメナエクムスと取違える。取違えられたメナエクムスには、なぜ自分がこんな扱いを受けるのかが全く理解できない。もちろん、やがて二人の双生児は再会を果し、さまざまの混乱が生じた事情はすべて明らかになる。

観客から見た双生児

つまりこの劇は、双生児という設定から生じる混乱を描き、それによって観客を笑わせようとする喜劇なのだが、個々の場面で交される台詞なり、そこで起る事件なりが観客にとって滑稽に感じられるためには、観客が状況を完全に把握し、すべての事情を理解していることが絶対条件となる。

たとえば、この土地に住むメナエクムスの妻が、この土地へ新たにやって来たメナエクムスを自分の夫だと思いこむとする。この場合、妻が自分の夫だと思って接している男は実は夫ではないのだという事実を、観客は知っていなければならない。混乱の当事者である妻の状況認識と、部外者である観客の状況認識との間には、距離がなければならない。そうでないと、観客は笑うことができない。こういう喜劇における笑いは、状況認識において観客が劇中人物よりも優位に立っていることによって生れるのである。

このことは、双生児をどのように演じるかという問題に関わって来る。シェイクスピアの『間違いの喜劇』にも、もちろん双生児が登場するのだが、双生児の両方を同じ俳優が演じるというやり方がある（両方が同時に舞台にいる場面以外は、このやり方によって処理することができる)。

あるいは、双生児たちをほんものの双生児が演じるというやり方が採用されたこともある。しかし、こういうやり方は戯曲の喜劇的効果を尊重したものとは言えない。なるほど、同じ俳優なりほんものの双生児なりが双生児を演じたら、双生児たちの同一性は強調されるであろう。しかし、このやり方を徹底させると、ある場面に登場しているのが双生児のどちらであるのかが観客にも分らなくなる。別の言い方をするなら、観客は部外者ではなくて、劇の登場人物と同じ当事者になってしまうのである。

いちばん広く採用される、そしていちばん妥当なやり方は、双生児たちを別々の俳優に演じさせるというものである。それなら二人の同一性はどのようにして示すのかということになるが、この問題は、二人の俳優に同じ服装をさせることによって解決される。観客が双生児を双生児として認識するのは、双生児たちが同じ服装をしているからなのだ。少し理窟っぽい言い方をするなら、観客は内実ではなくて表層を現実として認識するように求められているのである。双生児という存在を実質ではなくて見かけにおいて捉えることによって、初めてこういう作品は観客を笑わせる喜劇となるのだ。

さて、『間違いの喜劇』と『メナエクムス兄弟』とのいちばん重要な違いは、前者には一組ではなくて二組の双生児が登場するという設定にある。シラキューズの町にイージーオンという男がいたが、旅先で彼の妻が男の双生児を産んだ。たまたま同じ宿で、貧しい夫婦の間に、やはり男の双生児が生れた。イージーオンたちは、いずれは二人の息子の召使にするつもりで、貧しい夫婦の息子たちを貰い受けた。ほどなく一同は船でシラキューズへ帰ろうとしたが、嵐に遭って船は難破し、結局、イージーオン、息子のひとり、貧しい夫婦の息子のひとりだけがシラキューズに辿り着いた。

二組の双生児による混乱

時が経ち、イージーオンの息子アンティフォラスは、もうひとりの息子を探すために、召使のドローミオーを連れて旅に出る。そして二人はエフェサスへやって来た。彼等は知らないが、エフェサスには、やはりアンティフォラスと呼ばれるイージーオンのもうひとりの息子が、やはりドローミオーと呼ばれるもうひとりの召使と一緒に暮している。こちらのアンティフォラスには妻がいる(なお、イージーオンの妻、つまりアンティフォラスたちの母親の所在は、劇の大詰になってやっと判明する)。

こうして、二人のアンティフォラスと二人のドローミオーが、互いに相手の存在を知らぬまま同じエフェサスに居合せることになる。その結果、エフェサスのアンティフォラスの妻を始めとするエフェサスの住人たちが、シラキューズのアンティフォラスをエフェサスのアンティフォラス、自分たちがよく知っているアンティフォラスと思いこむようになる。これによって生じる混乱が観客を笑わせるのである。これはプラウトゥスの原作で起ることと基本的には同じである。

不安に取りつかれる双生児たち

しかし、アンティフォラスたちはどちらもドローミオーという召使を従えているから、混乱は原作の場合よりもはるかに複雑なものになる。たとえば、シラキューズのアンティフォラスが自分の召使に金を預ける。しばらくすると、召使が現れたので、アンティフォラスは預けた金のことを訊ねる。すると召使は、金を預かった覚えはないと答える。もちろん観客にとっては事情は明らかだ。アンティフォラスは目の前にいるのは自分の召使、シラキューズのドローミオーなのだと思いこんでいる。しかし、それは実はエフェサスのドローミオーだ。そしてエフェサスのドローミオーは、自分に話しかけている人物は自分の主人、エフェサスのアンティフォラスなのだと思いこんでいる。

プラウトゥスの原作では、双生児たちは周囲の人々の誤解の対象になるだけだが、シェイクスピアの作品では、双生児たちは、誤解されるだけではなくて、自ら誤解を犯しもする。誤解の対象となるだけでなく、誤解の主体にもなるのだ。混乱は、周囲の人々と双生児たちとの間だけではなくて、双生児たちの間でも生じるのである。

これは決定的な点ではないだろうか。こういう事件が何度も起る結果、双生児たちは、周囲の人々ではなくて自分自身の認識が間違っているのではないかという疑念を抱くようになる。彼等はいわば主体ないし存在についての不安に取りつかれるのである。

こういう感覚は、喜劇には必ずしもなじまないと思うひとがいるに違いない。だが、シェイクスピアのこの作品は、実は、一向に喜劇的ではない要素を含んでいる。それは、作者が原作に対してもうひとつの重要な改変を加え、観客が人間の生死を——とりわけ死を——強く意識するように仕向けているからだ。

死に直面する登場人物

『間違いの喜劇』は、イージーオンに死の危険が迫っている場面で始まる。エフェサスとシラキューズとは敵対関係にあり、シラキューズの者がエフェサスへやって来たら、しかるべき身代金を払わないかぎり死刑に処せられることになっているのである。イージーオンはエフェサスの大公に向って、これまでの自分の人生について物語るが、その中で、難船の結果として一家が離散した事件に言及する。つまり、イージーオンは死の危険を既に体験しているのだ。しかも彼の妻や息子のひとりの生死は定かではない。こういう悲惨な状況におかれている人物が、ここでまたもや死に直面することになる(劇はイージーオンが死を免れるまでのまる一日の出来事を扱っている)。

再会と生の謳歌

この場面に続く数々の滑稽な事件の挙句、別れ別れになった家族は再会を果す。二人のアンティフォラスと二人のドローミオーは、それぞれ兄(あるいは弟)にめぐりあう(その上、シラキューズのアンティフォラスは、エフェサスのアンティフォラスの妻の妹という伴侶を得る)。イージーオンは息子たちにあらためてめぐりあう。しかも、行方の知れなかった彼の妻が、エフェサスで尼僧院長を務めていたことまでが明らかになる。

死の影におおわれて始まった劇は、生の謳歌として終るのだ。プラウトゥスの戯曲には全く認められない高度の祭式性をシェイクスピアの戯曲はそなえている。二組の双生児を登場させることによって、シェイクスピアはドタバタ喜劇と呼んでもいい作品を作り出した。我々が瞠目するほかないのは、こういう度外れた滑稽感が劇全体の不条理感を裏づけるものとしても作用している点である。シェイクスピアは『間違いの喜劇』によって、笑劇が観客を深く感動させる作品にもなりうるという奇妙な逆説を実証してみせたのだ。

3 『お気に召すまま』と男装の恋する女

牧歌喜劇『お気に召すまま』（一五九九〜一六〇〇年頃初演）の女主人公ロザリンドは、シェイクスピア劇の登場人物の中でも、女優にとって特に魅力的な役として広く知られている。しかし、この人物には観客を不快にさせかねない側面があることに、人々はどれほど気づいているであろうか。

女主人公の男装

ロザリンドの父親は公爵だが、彼は弟フレデリックによって位を奪われ、今では、彼に従う貴族たちと一緒にアーデンという名の森で、厳しい自然と戦いながら暮している。ロザリンドも、本来なら父親とともに都を離れる筈だったが、彼女は、フレデリックの娘、つまり彼女にとっては従妹に当るシーリアと仲がいいので、そのまま宮廷に残ることを許された。しかし、結局はフレデリックに追放され、アーデンの森へ向う。但し若い娘の姿のままでは危険なので、男装してギャニミードと名乗ることにする（この名は、ギリシア神話に登場する美青年で、ゼウスの酒盃の奉持役を務めたガニュメデスに由来する）。

シェイクスピアの時代の劇には男装という手法がしばしば現れるが、この時代にはまだ女優はおらず、女性の役は変声期前の少年が演じたから、男装は現代人が考えるほど不自然な手法ではなかったのである。ロザリンドと仲のいいシーリアは、エイリイーナ（これは「見知らぬ女」というほどの意味だ）と名乗って同行することになる。

それより早く、ロザリンドはオーランドーという青年と知り合い、互いに好意を抱くようになっていた。オーランドーは名門の生れだが、兄に疎まれ、しかもフレデリックに憎まれて身の危険を感じるようになったので、やはり宮廷を捨ててアーデンの森へ向う(『お気に召すまま』の第二幕以後のほとんどの場面は、アーデンの森に設定されている)。

外見にだまされる人物たち

もちろんオーランドーとロザリンドは再会を果す。しかしオーランドーは、羊飼いの姿をしている若者が実は女性で、しかも自分が愛するロザリンドであることに気づかない。近代リアリズムの立場からすれば、こんなおかしなことはありえないと感じられるに違いないが、『間違いの喜劇』の双生児たちが同じ服装を身に着けていたら、双生児と見なされたのと同様に、男性の恰好をしている人物は男性と見なされたのだ。

もちろん観客には、オーランドーがロザリンドの見かけにだまされていることがよく分っている。つまり、観客はオーランドーを何ほどか距離をおいて眺めるのだ。別の言い方をするなら、観客はロザリンドと状況認識を共有し、彼女の視点を通じて事態を把握するのである。ロザリンドの男装にだまされるのはオーランドーだけではない。フィービーという女羊飼は、「ギャニミード」がほんものの男性だと思いこみ、「彼」を慕うようになる。ロザリンドは状況を完全に統御しているのであり、観客は彼女と一緒になって、外見にだまされる人物たちの行動を笑うことになる。

恋愛ゲームと観客の印象

ロザリンドはオーランドーが「ロザリンド」を真剣に愛していることを知って、ある提案をする。すなわち、自分が「ロザリンド」を演じることにするから、自分を本当のロザリンドだと思って求愛せよというのである。こうして二人は一種の恋愛ゲームを演じる。その場合、オーランドー自身の意識においては、彼は「ロザリンドを愛するオーランドー」という役を演じているのであり、また、彼が求愛しているのは「ギャニミードが演じる役としてのロザリンド」なのだということになる。

しかしロザリンドの意識においては、たとえオーランドーが気づいてはいなくても、「ギャニミード」が演じるロザリンドは本当にロザリンドなのであり、またオーランドーは、自分では悟っていなくても、実は自分自身として行動しているのだから、二人はゲームを演じているのではなくて、ほんものの恋人同士として振舞っていることになる。オーランドーは芝居を演じているつもりでいるが、ロザリンドには、それが芝居ではなくて現実であることが分っている。彼女はすべてを知っているのだ。

観客に不快感を与えかねないのは、彼女のこういうあり方だ。この女は、相手が思い違いをしているのをいいことに彼をもてあそぶいやな人間に見えかねない。

従妹シーリアの役割

但し戯曲全体を視野に入れるなら、そういう印象は確実に消えてしまう。それにはいくつかの理由があるが、そのひとつはシーリアという人物の存在である。アーデンの森の住人の中で、ギャニミードが実はロザリンドという名の女であることを知っているのは、シーリアただひとりである。シーリアの前ではロザリンドは虚勢を張るのをやめ、恋する女としての弱さを思う存分さらけ出す。

シーリアは第四幕で、オーランドーをひどい目に遭わせていた彼の兄のオリヴァーに逢い、たちまち意気投合してやがて彼と結婚するのだが、そこまでのプロットの進展に関する限り、彼女が重要な役割を与えられているとは到底言えない。シェイクスピアがシーリアという人物を登場させたのは、ロザリンドの女らしさを観客に示し、この人物に対して観客が抵抗感を抱くのを避けるようにするためではなかったか——これが言いすぎなら、ロザリンドの多面性を観客に印象づけるためではなかったかとさえ、感じられるほどだ。

女に戻っていくロザリンド

もうひとつ、ロザリンドの変装の性質が劇の進行に応じて微妙に変化するという、興味深い現象がある。もちろん彼女は大詰で女に戻り、オーランドーと結ばれるのだが、こういう結末が近づくにつれて、観客は、彼女の外見よりも実質に目を向けるように、作者によって誘導される。

まず第四幕第三場で、約束の時間が過ぎてもやって来ないオーランドーを待つロザリンドとシーリアの前に、彼の兄のオリヴァーが現れ(彼は、行方をくらました弟を見つけ出すようにフレデリックから厳命されたのだ)、意外なことを物語る。それによると、オーランドーはオリヴァーがライオンに襲われかけている現場に来合せ、肉親の情にかられてライオンから兄を救ったが、その時に負傷したのだという。オリヴァーは弟が約束を守れなかったことを詫び、弟の血のついたハンカチをロザリンドに渡す。ロザリンドは気を失う。

間もなく元気になったロザリンドは、自分は気を失う芝居をしたのだと言い張るが、オリヴァーは容易に信じようとはしない。「ギャニミード」が女であることをオリヴァーは見破ったのかも知れない。次に二人が顔を合せる第五幕第二場で二人が交すやりとりを見ても、この点はかなり曖昧であることが分る。

そして劇の最後の場面となる第五幕第四場で、フレデリックによって位を追われた公爵とオーランドーとが次のような台詞を語る(二人は既に知己になっている)——

公爵　この羊飼の少年を見ていると、わが娘の面影を確かにありありと思い出すのだ。

オーランドー　殿様、あの少年を初めて見た時には、お嬢様の御兄弟かと思いました。

こういう台詞が許されるのは、ロザリンドが女に戻る時が近づいているからである。もっと早い段階で、変装という手法を形骸化しかねないこういう台詞が語られたら、劇は根底から崩れ去るに違いない。

世界は舞台、人生は芝居

だがロザリンドという人物のあり方を相対化するために何よりも決定的な働きをしているのは、この劇全体の根底にある世界劇場の考え方、すなわち、世界は舞台で人間は俳優である、人生は芝居であるとする考え方である。その最も雄弁な表明は、第二幕第七場で、公爵に従うジェイクウィズが語る長い台詞、「全世界はひとつの舞台」という言葉で始まる有名な台詞だ。劇のプロットとの関連だけを問題にするなら、この台詞は不可欠なものとは言えない。だが、ロザリンドとオーランドーの恋愛ゲームが始まる少し前にこの台詞が現れるのは、意味深長ではないだろうか。

世界劇場の考え方について最も重要なのは、それが、人間の主体性に対して疑問を投げかけるものだという点である。人間は自らの意志に基づいて行動しているつもりでいる。しかし、実は人間を超えた絶対的な存在によって動かされているのではないか。そういう存在によって、ある役を演じさせられているにすぎないのではないか。もしそうなら、状況を完全に統御しているかに見えるロザリンドもまた、何者かによって芝居を演じさせられているのかも知れない。

牧歌喜劇のかなたにあるもの

　ロザリンドとオーランドーの恋愛ゲームは、もちろん一種の劇中劇になっている。しかもこの劇中劇は、通常の劇よりも複層的なものなのだ。通常の劇の場合なら、観客は、俳優と俳優が表示する人物とだけを意識していれば、それですむ。しかし、ロザリンドが男装してギャニミードと名乗る時、少くともエリザベス朝の観客は、ロザリンドを演じているのは男性であること、つまり、俳優は男装することによって自らの本来のあり方に戻ること、「ギャニミード」は劇の次元では虚構でも現実の次元では実体であることを、意識したに違いない。

　ロザリンドの変装とそれに基づく恋愛ゲームという、一見他愛のない手法は、観客に、演劇そのものを根本的に吟味させずにはおかない。俳優と俳優が演じる人物、現実と劇との関係はどんなものなのか。そもそも演劇とは何なのか。『お気に召すまま』は素朴な牧歌喜劇として理解されがちだが、実はそれは気が遠くなるほど観念的な作品でもあるのだ。

4　笑いと哀感は両立するか――『十二夜』の場合

『十二夜』(一六〇一年頃初演)は、双生児という設定と変装という設定の両方を用いた喜劇である。前者が『間違いの喜劇』の場合と同じような混乱を、そして後者が『お気に召すまま』の場合と同じような混乱を惹き起し、それによって観客を笑わせることは容易に想像できるに違いない。ただ、笑いが生じるためには、どんな事情でどんな混乱が起っているのかを、観客が正確に認識していなければならない。別の言い方をするなら、劇中人物の状況認識と観客の状況認識との間には明瞭な差がなければならないのである。

ヴァイオラの男装

この劇のいちばん興味深い人物はヴァイオラという名門の娘である。彼女にはセバスティアンという双子の兄がいる(日本語だと「兄」か「弟」かを決めざるをえないので、慣例に従って「兄」としておく)。ある時、二人が乗っていた船が嵐に遭って難破し、二人は別れ別れになった(この設定も『間違いの喜劇』を思い出させる)。ヴァイオラはイリリアという土地へ漂着し、そこを治めるオーシーノーという公爵に仕えるようになる。但し彼女は男装し、セザーリオーと名乗っているので、オーシーノーは新たに従者となった人物が実は女性であることに全く気づかない。

オーシーノーは、近くに住むオリヴィアという貴族の令嬢に恋しているが、彼女は父と兄とを失って喪に服しているので、オーシーノーの求愛に応じない。そこで彼は、セザーリオーを使者として彼女のもとへ送ってみる。するとオリヴィアはセザーリオーに一目惚れしてしまう。もちろんオリヴィアはセザーリオーが男性だと思いこんでいるのである。しかも、セザーリオーは(と言うよりヴァイオラは)実はオーシーノーに秘かに思いを寄せている(そのことは、ヴァイオラ自身の台詞によって観客に伝えられる)。こういうわけで、オーシーノーはオリヴィアを愛し、オリヴィアはヴァイオラを愛し、ヴァイオラはオーシーノーを愛するという奇妙な三角関係が生れる。それはひとえにヴァイオラの男装のせいである。

観客しか知らない事実

状況のあり方は、観客にはよく分っている。ヴァイオラにもよく分っている。この場合、観客と状況認識を共有し、すべてを統御しているヴァイオラは、『お気に召すまま』のロザリンドに似ている。しかし、ヴァイオラが観客に与える印象は、ロザリンドが観客に与える印象とはかなり異っている。

ロザリンドは自らに対するオーランドーの愛情について何の不安も抱いてはいないが、ヴァイオラは自分の気持をオーシーノーに打明けることさえできないでいる。そこで彼女は、オーシーノーに向って、たとえば「かりに私が女だったら、貴方様をお慕いしたでしょう」といった趣旨のことを述べる。語り手であるヴァイオラの意識においては、この台詞には裏の意味がこめられている(観客はそのことを理解する)。しかし、聞き手であるオーシーノーには、それは通じない。こういう状況におけるヴァイオラには、ロザリンドにはさほど認められない哀切さが感じられるであろう。

ロザリンドはほぼ完全に状況を統御し、支配しているが、ヴァイオラがそうではないのは、彼女が知らない重要な事実が劇の状況に含まれているからでもある。生死不明だったヴァイオラの双子の兄セバスティアンは、第二幕第一場で初めて観客の前に姿をあらわす。彼が無事であったことを観客は知るのだが、ヴァイオラはまだそのことを知らない。こうして、それまでは同質のものだったヴァイオラの認識と観客の認識との間に、分裂が生じるに至る。

そのうちに、セバスティアンはこれまたイリリアに到着し、オリヴィアにめぐり合う。もちろんオリヴィアには、初対面のセバスティアンが、これまでに何度か逢っているセザーリオーとは別人であることが分らない。セザーリオーはオリヴィアの求愛に対して、当然ながら色よい返事をしなかった。しかしセバスティアンはオリヴィアの求愛を受容れ、彼女と結婚してしまう。こういう進展の一切は、ヴァイオラの知らないところで起るのである。

もちろん『間違いの喜劇』や『お気に召すまま』の場合と同じように、やがてすべての事情は明らかになる。オリヴィアは自分が結婚した相手がセザーリオーとは別の人間だったことを知る。オリヴィアと結婚する望みが絶えたオーシーノーは、セザーリオーが実は女で、ずっと自分を愛していたことを悟り、彼女を妻に迎える。ヴァイオラとセバスティアンは再会を果し、互いの無事を喜び合う。双生児と変装（厳密に言うなら男装）というふたつの設定がからまり合うことによって進行して来た物語は、めでたい結末を迎えるのである。

死から生への結末

ヴァイオラとセバスティアンとは、あたかも『間違いの喜劇』の主要人物たちと同じように、難船という事件によって命を失いかけ、見知らぬ土地に辿り着く。そして新たな伴侶を得る。肉親の喪に服することによって、いわば現実の生を拒絶していたオリヴィアも、ヴァイオラの、ついでセバスティアンの出現によって、生の世界へ引き戻される。もしもヴァイオラとセバスティアンが嵐に遭っていなかったら、二人がイリリアへ現れることはなく、従って二組の夫婦が誕生することもなかったであろう。嵐は結果として新たな生をもたらすことになったのだ。『間違いの喜劇』に認められた死から生へという流れは、この劇の底流にもなっているのである。

しかし、『十二夜』という劇には、双生児という設定とも変装という設定とも関係のない、もうひとつの物語が含まれている。シェイクスピア劇においては――と言うより、エリザベス朝の劇においては――ごく普通の現象だが、『十二夜』のプロットは典型的なダブル・プロットになっている。複数のプロットが並行して進んで行くのである。

マルヴォーリオーをめぐるプロット

もうひとつのプロットは、オリヴィアの館の人々を中心にして展開する。オリヴィアの叔父にサー・トービー・ベルチという人物がいるが、彼は、姪の結婚相手としてサー・アンドルー・エイギューチークという男を連れて来た（但しこの男は愚鈍で臆病で何の取柄もないので、オリヴィアは全く相手にしない）。ある晩遅く、男たちが大騒ぎをしていると、館の執事で堅物のマルヴォーリオーが現れ、彼等を厳しく叱責した。それを逆恨みした男たちは仕返しを思いつく。すなわち、オリヴィアの侍女のマライアを抱きこんで（彼女はやがてサー・トービーと結婚する）、一通の思わせぶりな手紙を書かせ、それをマルヴォーリオーの目につくところにおいておこうというのである。

手紙を読んだマルヴォーリオーは、オリヴィアが自分に好意を抱いており、それを秘かに打ち明けているのだと信じこむ。マライアはオリヴィアの筆跡を真似たので、マルヴォーリオーがだまされるのは必ずしも不思議ではないのだが、決定的なのは、手紙を読む前から彼がオリヴィアとの結婚を夢想していたという事実である。愚かな期待感を抱いていたからこそ、彼は簡単にだまされるのだ。偽手紙は彼の内心の思いを外面化したにすぎないとも言えるのである。

マルヴォーリオーは手紙が指定している服装を身に着け、手紙が指定している態度を示す。それらはオリヴィアが嫌うものだったので、様子が変ったマルヴォーリオーを見た彼女は、執事は気が変になったのではないかと思う。この場合、マルヴォーリオーもオリヴィアも見かけに欺かれている。マルヴォーリオーは自分が読んだのはオリヴィアが書いた恋文だと信じているが、もちろんそれは事実ではない。オリヴィアはマルヴォーリオーが発狂したと思うが、もちろん彼は、自分の意識においては正常に振舞っているのである。真実を把握しているのはいたずらを企んだ人物たちだが、観客はこういう人物たちと認識を共有し、だまされている人物を笑うことになる。

マルヴォーリオーの退場

ヴァイオラたちをめぐる物語と比べると、マルヴォーリオーをめぐる物語ははるかに笑劇風のものになっているが、図式的に見れば、両方の物語で起っているのは実は同じことなのである。マルヴォーリオーやオリヴィアが見かけにだまされるように、オーシーノーもオリヴィアもヴァイオラの男装という外見にだまされるのだ。

ヴァイオラの実体が明らかになるように、マルヴォーリオーがなぜ奇妙な行動に及んだかも明らかになる。しかし、こちらの物語の結末は後味が悪いものになっている。事情を知ったマルヴォーリオーが人々を赦し、和解が成立したら、この劇はめでたく終ることになるであろう。しかしマルヴォーリオーは、一同に向って「復讐してやる」と叫んで退場してしまう。

マルヴォーリオーの退場は、劇全体の調和に水を差すように感じられる。この事件は、ヴァイオラとセバスティアンの再会という実に感動的な場面の後に起るから、余計に印象的だ。ただ、劇はこれで終るわけではない。マルヴォーリオーに続いて、幸福を手中にした人物たちも退場すると、舞台にはひとりの人物が残る。道化のフェステである。

道化の歌はすべてを相対化する

道化はプロットの進展に深く関わることはないのが普通だ。フェステも、ヴァイオラやオリヴィアと関わり合ったり、マルヴォーリオをからかったりしながら滑稽な発言を繰り返し、観客を笑わせて来たが、彼の存在が人々の運命にとって決定的な意味をもつことはなかった。しかし、劇を結ぶのはこの人物なのだ。彼は短い歌を歌う。それは、人間と世界とを突き放して眺める歌、いくらか理窟っぽいことを言うなら、すべてを相対化する歌である。

劇の題名の「十二夜」とは、クリスマスから数えて十二日目の夜のことで、祝祭の時期の終りを意味する。これは劇の物語と直接のつながりがある題名ではないが、祝祭の終りに誰もが感じる物悲しさは、この劇全体の気分にもなっていると言えよう。フェステの歌に漂っているのも、まさしくそういう気分なのだ。

たとえマルヴォーリオーの退場が違和感をもたらすとしても、それは、人間のすべての営みを相対化する道化の歌によって、そして劇全体を支配している気分によって、解消されるのではないだろうか。この劇を支配しているのは、つまるところ滑稽感ではなくて哀感なのである。

5 『空騒ぎ』は喜劇であり、悲劇でもある

『十二夜』の場合と同じく、『空騒《からさわ》ぎ』(一五九八〜九九年頃初演)のプロットも典型的なダブル・プロットになっている。ただ、『十二夜』のふたつのプロットはどちらも喜劇的なものであるのに対して(マルヴォーリオーがだまされる話は、当人にとっては喜劇的とはとても言えないが、彼がいたずらに引っかかるのは、かなりの程度まで自惚れのせいなのだから、この人物に同情する観客はいない)、『空騒ぎ』のふたつのプロットのうちのひとつは、むしろ悲劇的なものだという違いがある。

劇の場面はシシリア島のメシーナだ。この土地へ、ある戦で勝利を収めたアラゴンの領主ドン・ペドローが率いる軍隊がやって来る。軍の一員にクローディオーという若い貴族がおり、かねてメシーナの知事レオナートーの娘のヒーローに好意をもっていた。平和が到来した今、彼はヒーローとの結婚を真剣に考慮するようになり、幸いドン・ペドローの仲立ちを得て、めでたく彼女と婚約する。

噂話で恋の仲立ちを

婚約をまとめたドン・ペドローは、ある計画を思いつく。彼の軍にはベネディックという男がいるが、この人物は、レオナートーの姪(つまりヒーローの従姉)のベアトリスという女と、顔を合せるたびに憎まれ口を叩き合う仲だ(但し、二人の応酬を聞けば、二人が本当に憎み合っているわけではないことが分る筈だ。憎まれ口はむしろ二人が互いに相手を強く意識している証拠だと理解すべきである)。ドン・ペドローは、この二人を結婚させようというのだ。レオナートー、クローディオー、ヒーローは彼の計画に賛成し、協力を約する。

ドン・ペドロー、レオナートー、クローディオーの三人は、ベネディックが立ち聞きしているのを承知の上で、ベアトリスがベネディックに夢中だという噂話をする。それを聞いたベネディックは、彼等の話を信じ、ベアトリスはまことに魅力的な女だと思うようになる。ついでヒーローが侍女のアーシュラを相手に、やはりベアトリスが立ち聞きしていることを確認した上で、ベネディックはベアトリスを深く愛しているという噂話をする。それを聞いたベアトリスはベネディックの愛情に応えようという気になる。つまりベネディックもベアトリスも、事実の裏づけのない噂話を本気にしてしまうのである。

仲を裂く陰謀

ドン・ペドローが二人を結びつける計画を立案し、レオナートーたちの協力を求めるのは、第二幕第一場のできごとである。そして、まず第二幕第三場でベネディックを相手として、それに続く第三幕第一場で今度はベアトリスを相手として、計画が実行に移される。

ところが、計画の立案と実行との間にはさまれた第二幕第二場で、注目すべき事件が起る。すなわち、ドン・ペドローの異母弟にドン・ジョンという腹黒い男がおり、腹心のボラーチオーの案を容れてクローディオーとヒーローとの結婚を妨害しようとするのだ。具体的に言うと、ボラーチオーが彼に好意をもっているヒーローの侍女マーガレットと密会している現場をドン・ペドローとクローディオーに目撃させ(但し、女はマーガレットではなくてヒーローであるかのように、見せかける)、ヒーローは非常に品行の悪い女だと、二人に告げようというのである。

愛し合っている男女の仲を割こうとするドン・ジョンたちの計画は悪質で、二人の男女の間に恋が生れるようにしようとするドン・ペドローたちの計画は微笑ましいものだと、大抵の観客は感じるであろう。しかし、根拠のない話を耳に入れて他人を操ろうとするという意味では、ふたつの計画の間に違いはない。しかも、甚だ興味深いことに、ドン・ペドローやクローディオーやヒーローが実際にベネディックとベアトリスをだまそうとする時には、既にこれらの人物を陥れようとする計画が生れている。

もちろん彼等は自分が危険にさらされかけていることを、まだ知りはしない。しかし、観客は知っている。だから観客には、ベネディックとベアトリスをだますことに成功して有頂天になる彼等の姿が、ひどく滑稽な——敢えて言うなら愚かな——ものに感じられるに違いない。やがてドン・ジョンたちの計画は実行に移され、ドン・ペドローもクローディオーもヒーローは不品行な女なのだと思いこむ。そしてクローディオーは結婚式の席で、ヒーローに向って、彼女自身にとっては全く身に覚えのない非難を浴びせる。

ふたつのプロットはなぜ共存できるのか

『空騒ぎ』という劇は、ベネディックとベアトリスを中心とするプロットと、クローディオーとヒーローを中心とするプロットから成り立っている。内容においては、前者は喜劇的、後者は悲劇的だと一応は言えるだろう。それなら、味わいの異るふたつのプロットが同じ劇の中に共存しているという事実は、どのように説明できるのだろうか。

日本語では「空騒ぎ」と訳される戯曲の原題は、直訳すると「何もないことについての大騒ぎ」といったものになる。つまり、ベネディックとベアトリスも、またクローディオーやドン・ペドローも、事実の裏づけのない話ないし外見だけを信じて軽挙妄動に走るのであり、その意味で、ふたつのプロットが扱う事件は図式的には同じものだということになるのだ。

ベネディックとベアトリスは、自らがおかれている状況については、みごとに誤った判断を下してしまう。しかし、自分にとっては直接に関係のない状況、すなわちクローディオーのヒーローに対する非難の当否については、正しく真実を捉える。結婚式が行われかけるのは第四幕第一場だが、ドン・ペドロー、ドン・ジョン、クローディオーの三人は、言いたいことを言うと席を蹴って行ってしまう。しかしベネディックはその場に留まる(公的な立場を重んじるなら、彼はドン・ペドローに従ってもいいところだ)。

ヒーローの父親のレオナートーは娘の不品行を歎くが、ベネディックは彼よりもはるかに冷静で、ドン・ペドローとクローディオーはドン・ジョンにだまされてヒーローに不当な非難を浴びせたのではないかと主張する。この主張は事実認識よりもむしろ直感に基づくものであろう。他人がおかれている状況については、彼はよく目が見えているのだ(もちろん、ヒーローと仲のいいベアトリスは従妹が不品行だなどとは最初から考えていない)。

他方、ドン・ジョンにだまされたドン・ペドローとクローディオーは、ベネディックをうまくだましてしまう。どちらのプロットにおいても、自分のこととなると正しい認識ができない人物が、他人については的確な判断を下すのだ。この事実は、人間の認識がどれほどいい加減なものであるかを示していると言えるだろう。

破綻していた悪だくみ

ドン・ジョンたちの悪だくみは、実は結婚式の場面より前に既に破綻している。第三幕第三場は結婚式の前日の夜に設定されているが、この場面で、ボラーチオーがやはりドン・ジョンの腹心のコンラッドを相手に、マーガレットとの密会によってドン・ペドローとクローディオーをだました褒美に、ドン・ジョンから大金を貰ったと言って自慢する。レオナートーの館を警備していた警官たちがそれを聞き、二人を逮捕する。そして翌朝、警察署長のドグベリーがレオナートーを訪れ、事件について報告しようとする。第三幕第五場である。

しかしドグベリーの話は要領を得ず、娘の結婚式を控えたレオナートーはそんな話につき合っている余裕はないので(この場面の次が第四幕第一場である)、結局ドン・ジョンの腹心たちが逮捕されたことはレオナートーの耳には入らないままになる。もしもレオナートーが辛抱してドグベリーの話を聞いていたら、破局は避けられた筈だ。

皮肉なことに、この段階でドン・ジョンたちの悪行を把握しているのは、教養のある上流の人物たちではなくて、愚鈍な警官なのである。そしてもちろん観客には、事態はよく分ってい る。だから、次の第四幕第一場の事件を距離をおいて見守ることができる。この場合にも、観客が切実に感じるのは、人間の認識の頼りなさであろう。

真実と虚構の逆転

もちろん最後には真実はすべて明らかになる。ヒーローとクローディオーはあらためて結ばれる。ベアトリスとベネディックも結婚することになる。理窟を言うなら、周囲の人間たちによってだまされたことを悟ったベネディックとベアトリスは、かつてのあり方に戻ってもいいところだ。

しかしシェイクスピアは、二人が周囲の人間たちのいたずらに気づくようにはしていない。ベネディックもベアトリスも相手に夢中だと人々は述べていたが、人々はだまされていたらしい――二人はそう語るのだ。人々は根拠のない話をしていたのではなくて、ベネディックとベアトリスの様子を観察した上でものを言っていたのだというわけだ。言い換えれば、二人は、自分たちがだまされたのではない、もしも周囲の人間をあざむこうとした者がいたのなら、それは他ならぬベネディックとベアトリスなのだと、主張しているのである。もちろん、これは強弁であり、事実の裏づけがあるわけではない。

劇の大詰のこのくだりが、観客の注意を惹くことはおそらくないだろう。しかしシェイクスピアは、ベネディックとベアトリスの強引な《開き直り》というかたちで、真実と虚構の関係をさりげなく逆転させているのである。

6 『ヴェニスの商人』はユダヤ人の悲劇ではない

『ヴェニスの商人』(一五九六〜九七年頃初演)もダブル・プロットの劇だが、『空騒ぎ』よりも——そしてもちろん『十二夜』よりも——はるかに現実性に富む作品になっている。その理由はふたつある。まず、劇のかなりの場面がヴェニスという、当時のイギリス人の観客にとっては鮮明なイメージを伴ったものであったに違いない、実在の場所に設定されている。次に、中心人物のひとりである金貸しのシャイロックがユダヤ人であることが明示されている。しかし、もしも劇の場所や登場人物の出自を忘れてこの戯曲を読むなら、そこで展開する物語自体は、実は他愛のないお伽噺にすぎないことが分る筈だ。

勧善懲悪の物語

物語はおよそ次の通りだ。身分はいいが金に困っているバサーニオーは、ベルモントに住む豊かなポーシアに求婚する決意を固め、そのための資金の融通を友人で貿易商のアントーニオーに頼む。アントーニオーは、自由になる金が今は手元にないので、金貸しのシャイロックに借金を申しこむ。シャイロックはアントーニオーの肉一ポンドをかたにして金を貸す。

ベルモントへ赴いたバサーニオーは、念願通りポーシアと結婚する(バサーニオーに同行したグラシアーノーも、ポーシアの侍女ネリッサと結婚する)。だがアントーニオーの船がすべて沈没したという報せが届いたので、バサーニオーとグラシアーノーは急いでベルモントを離れる。ポーシアとネリッサは男装して夫たちの後を追う。

シャイロックはあくまでもアントーニオーが自分の身体で借金を返すことを求めている。ポーシアはシャイロックの要求に決着をつけるための法廷に法学者と称して現れ、「肉は切り取ってもいいが、血は一滴も流してはならない。また、切り取る肉は正確に一ポンドでなければならない」と宣言する。もはや自分の計画を実行に移すことができなくなったシャイロックは貸した金を失い、アントーニオーは一命を取り留める。また、彼の船がすべて沈没したというのは誤報であったことが判明する。

つまり『ヴェニスの商人』が述べているのは、自分が憎む男の殺害を目論んだ悪人の金貸しが、かえって自分のたくらみに足を取られ、痛い目に遭うという、底の浅い勧善懲悪の物語なのである。観客はアントーニオーやバサーニオーやポーシアと一体になり、シャイロックが懲らしめられるのを見て喜ぶ。それだけのことである。バサーニオーとポーシアの結婚をめぐるプロットと、アントーニオーとシャイロックを中心とするプロットが、緊密にからまり合っているのはみごとだが、どちらのプロットも図式的に見ればそれほど深みのあるものではない。

こういうお伽噺ないし寓話のような物語を、シェイクスピアは現実に起りうる事件を扱う血の通った物語に仕立てた。

物語に血を通わせるには

ポーシアの館があるベルモントは架空の場所だが、劇の多くの場面はヴェニスに設定されている。シェイクスピアの観客の中に実際にヴェニスを自分の目で見た人がどれだけいたかとなると極めて疑問だが、大多数の観客にとって、異国的で豊かな町というヴェニスのイメージは、なじみ深いものであったに違いない。こういう場所でなら、東方貿易や融資や蓄財といった営みは現実味を帯びる。

また、金貸しのシャイロックがユダヤ人であることを、シェイクスピアは執拗に強調した。それに伴って、アントーニオーやバサーニオーがキリスト教徒であるという事実もまた、観客は意識せざるをえなくなった。シャイロックとアントーニオーたちとの間には、出自においても信仰においても重要な違いがあることが明瞭になった。こうしてシェイクスピアは差別という深刻な問題を作品の中心にすえたのである。

物語の具体化、現実化という作業の結果、観客がこの劇に対して反応するやり方も根本的に変った。お伽噺ないし寓話の場合なら、観客は《善玉》であるアントーニオーに共感して、《悪玉》であるシャイロックを憎悪したり嘲笑したりしていれば、それですむ。しかし、現実性豊かな物語を前にして、こういう単純で呑気な態度を貫くことはできない。観客はアントーニオーたちとシャイロックのどちらをも、全面的に肯定することも全面的に否定することもできなくなった。別の言い方をするなら、観客は、善人とも悪人とも決められない人物たちが活躍する劇の世界に対して、常に一定の距離を保つようになったのだ。

シャイロックの二面性

第三幕第一場で、シャイロックはキリスト教徒たちによるユダヤ人差別を激しく糾弾する。人間としてのキリスト教徒とユダヤ人との間には何の違いもないという彼の主張は極めてまっとうで、それ自体としては反論の余地がない。しかし、この場合に限らず劇の台詞の意味や効果は、どんな人物がどんな状況でそれを語るかを視野に入れて理解せねばならない。

これより先、シャイロックの娘ジェシカは、ロレンゾーというキリスト教徒の若者との駆落ちを決行した。しかも彼女は父親の金や宝石を勝手にもって行ってしまった。シャイロックは怒り、悲しみにさいなまれる。そこへアントーニオーが破産したという報せがもたらされた。シャイロックの差別糾弾発言はこういう状況でなされるのである。

つまり、娘の出奔という事件から受けた衝撃によって、いやが上にもキリスト教徒に対する敵意を募らせていたシャイロックは、アントーニオーの破産という願ってもない事件に促されて、本格的に復讐を決意するのだ。キリスト教徒とユダヤ人の間には違いはないという彼の主張は、実は復讐を正当化するためになされるものにすぎないのである。

『ヴェニスの商人』とはユダヤ人の悲劇を描いた劇だと解釈するひとが時々現れるが、この解釈はおよそ浅薄なものだと言わざるをえない（なお題名の「商人」はシャイロックではなくてアントーニオーを指す）。キリスト教徒によって差別されるシャイロックが被害者であることは言うまでもないが、他方、彼はアントーニオーの殺害を計画する悪人でもある。悪人が、それ自体としては極めてまともな差別糾弾発言をするからこそ、つまり、観客がこの人物に対して共感と反感の両方を抱くからこそ、劇的には面白いのである。

差別と観客

同じことはキリスト教徒たちについても指摘できる。アントーニオーはバサーニオーのために命を捨てようとするほどの、友情に篤い人物だが、他方、彼はシャイロックに対して、誰もが不快感を催さずにはおかない差別を加える。また、劇全体から見ればそれほど決定的な点ではないかも知れないが、実はポーシアが住むベルモントもまた差別が横行する場所なのだ。

ポーシアに求婚する男は、金、銀、鉛の三つの箱のうちのひとつを選ばねばならない（そのうちのひとつにポーシアの肖像画が納められており、それを選んだ者が彼女の夫となる資格を得る）。最初に登場する求婚者は肌の色が黒い。彼は金の箱を選ぶが、それは「正しい」箱ではない。この男が退場すると、ポーシアは「ああいう肌の色のひとは、みんなああいう選び方をしてほしい」と述べる。この台詞を聞いたら、少くとも一部の観客は、語り手に対して距離をおかざるをえなくなったであろう。この場合、劇中人物と観客との距離は、観客の道徳的判断の結果として生じるのである。

さて、第二の求婚者は銀の箱を選ぶ。やはりこれも「正しい」箱ではない。だからバサーニオーが箱選びに挑む時には、観客は、ポーシアの肖像画が納められているのは鉛の箱であることを既に知っている。果してバサーニオーが鉛の箱を選ぶかどうかという点について、観客は若干のサスペンスを感じるかも知れないが、バサーニオーが知らない重要な情報をもっている観客と、その情報を知る由もないバサーニオーとの間には、当然のこととして距離が生じる。だから観客は、バサーニオーの行動や、バサーニオーが自らの行動について述べる台詞を、冷静に捉えるようになる。この場合の《距離》は、道徳的判断や好悪の念に基づくものではなくて、状況認識の差によって生じるものだが、それが距離であることに変りはない。

男装という設定

状況認識の差によって生じる距離は、ポーシアとネリッサの男装という設定をめぐっても著しいものとなる。近代リアリズムの立場からすれば考えられないことだが、バサーニオーもグラシアーノーも、法学者とその書記というふれこみで法廷に現れた人物たちが、本当は女性であり、しかも自分の妻であることに全く気づかない。しかし観客はすべてを知っているから、バサーニオーやグラシアーノーに対して優位に立つ。

ポーシアがシャイロックの要求をどう裁くか、アントーニオーは命を落さずにすむかという点について、観客がサスペンスを感じることは確かだが、この場面における観客の心理は実はもっと複雑である。観客はポーシアとネリッサ以外の人物が知らないことを知っている。だから、この二人と一体になっている。そしてこの二人は(とりわけポーシアは)眼前の状況に対して自信ありげに振舞っている。

観客は、一方では結末についてサスペンスを感じながらも、他方では、おそらく円満な解決が見出されるであろうことを予想している。そういう予想が生れるのは、ひとえに観客がポーシアたちと状況認識を共有しているからである。観客は決して事態の進展について気をもみ続けるわけではないのだ。

劇の基調をなす「気分」

このように、シェイクスピアは観客と劇の世界との間に距離が生じるように工夫を凝らすことが多いのだが、彼の劇においては、そういう距離が生じない場合も時にはある。『ヴェニスの商人』もそういう瞬間を含んでいる。この劇を始めるのは、自分は原因不明の憂鬱感に取りつかれているといった内容のアントーニオーの台詞である。続く第一幕第二場はポーシアの台詞で始まるが、彼女もまた自らをもてあましている。どちらの人物も自分自身に対して違和感を味わっているのだ。これは観客を優位に立たせたり反撥させたりする人物のあり方ではない。観客は、劇の冒頭で示されるこの気分を、劇全体の基調をなす気分として素直に受容れるほかないであろう。

『ヴェニスの商人』の数年後に、シェイクスピアは、やはり原因不明でつかみどころのない憂鬱感に取りつかれた人物を主人公とする悲劇を発表する。『ハムレット』（第三章第1節参照）である。

第三章　悲劇の主人公はなぜすぐに登場しないか

1　主人公の登場以前に――『ハムレット』の場合

ハムレット登場以前のできごと

『ハムレット』、『オセロー』、『リア王』、『マクベス』の四篇の戯曲は、まとめてシェイクスピアの四大悲劇と呼ばれることがある。この四篇はほぼ同じ時期に――具体的に言うと、十七世紀が始まったばかりの頃に――執筆されたと考えられている。どうやらこの時期のシェイクスピアは、印象的な人物がある大きな力を相手に苦闘する様子に関心をもっていたようだ。もちろんシェイクスピアが、四篇の悲劇がやがて「四大悲劇」として扱われることを予想していたなどと考えるのは見当違いだが、それでも、この四つの戯曲にはさまざまの共通点がある。そのひとつは、主人公がすぐには登場しないという点である。

世界でいちばん有名な悲劇はソポクレスの『オイディプス王』であろう。この作品においても、その続篇と見なすことができる『コロノスのオイディプス』においても、第一声を発するのはオイディプス自身である。主人公が登場する前に重要な事件が起り、それを目撃する観客とそれを知らない主人公との間に距離が生じるといったことはない。純粋の悲劇においては、観客が主人公と一体になることが必要であるようだ。

ところが、たとえば『ハムレット』(一六〇〇〜〇一年頃初演)の場合、主人公であるデンマーク王子ハムレットが登場する前に重要な——そして、もちろんハムレット自身はすぐに知る由もない——事件が起る。別の言い方をするなら、観客はハムレットが知らないことを既に知っている者として、主人公に対して一定の距離を保ちながら劇の進行を見守るのである。

劇の第一幕第一場は、深夜の城壁に設定されている。ハムレットの親友ホレイシオーと二人の衛兵が、亡霊に遭遇する。亡霊は最近亡くなった先王の姿をしている。当時の考え方によると、亡霊は必ずしも死者の霊であるとは限らず、悪魔が死者の生前の姿で死者を知っていた者の前に現れることもあるとされた。だから、先王の姿をした亡霊は先王の亡霊であると直ちに断定することはできないが、それにしても、こういう姿の亡霊が出現することは何か不吉なしるしではないかと考えられる。一旦消えた亡霊は再び現れ、ホレイシオーたちに向って話しかけようとするが、夜明けが近づいたので、結局何も語らずに消えてしまう。ホレイシオーたちは、目撃した事件をハムレットに告げることにする。

続く第一幕第二場は、先王の弟で最近即位したクローディアスによる長い演説で始まる。

捉えようのない憂鬱感

先王が死んだので自分が王位につき、先王の妃(つまり自分の兄嫁)であったガートルードと結婚した旨、彼は述べる。この時代には、王の死は国家全体の危機を意味したから、クローディアスは、こういうやり方で危機を乗り越えたのである(クローディアスの台詞は、観客が今後の劇の進行を理解するために必要な情報を提供するものにもなっている)。

彼は次々に国事を処理し、やがてハムレットに話しかける。だが、父親だった先王の死を悲しむハムレットは、クローディアスに対してもガートルードに対しても、よそよそしい態度しか示さない。やがて人々は退場し、ひとり残ったハムレットは長い独白を語る。自分は何もかもがいやになっており、自殺したい心境なのだと、彼は言う。そういう心境になってしまったのは、母ガートルードが夫の死後間もなく、先王とは比べものにならないほどつまらぬ男(少くともハムレットにとってはそのように感じられる男)と再婚したからだと、一応は考えられるが、ハムレットが、捉えようのない憂鬱感に取りつかれていると理解しても、必ずしも見当違いにはならないであろう。

いずれにせよ、クローディアスやガートルードに対してハムレットがよそよそしく反応する台詞やハムレットの独白を聞きながら、観客は、亡霊の出現という最初の場面の事件をたえず意識するに違いない。すべてがうまく行っているかのようにクローディアスは述べるが、実はそうではないのではないか。クローディアスが全く気づいていない深刻な危機に、このデンマークは直面しているのではないか。ハムレットが現状に対して抱いている不満は、事実認識ではなくて直感に基づくものだが、実はそれには充分すぎるほどの根拠があるのではないか。そういったことを、観客は感じる筈なのだ。

亡霊出現の場の意味

やがてホレイシオーと二人の衛兵が登場し、先王の姿をした亡霊との遭遇という事件について詳細に報告する。ハムレットは彼等と一緒に城壁で亡霊の出現を待つことにする。その晩ハムレットの前に現れた亡霊は、自分は弟クローディアスによって毒殺されたのであり、息子であるハムレットは復讐せねばならないと告げる。

もちろん王子ハムレットは多様な感情を発露させる魅力的な人物であり、俳優なら誰しも演じたがる役である。だから観客はややもするとこの人物と一体になり、彼の視点のみを通じて劇の状況を捉えがちだが、これはシェイクスピアが望んでいたことだとは思えない。シェイクスピアは、観客がこの劇の主人公に対して距離を保ち、どれほど主人公に共感を抱いても、決して彼と完全に一体化しないように、細心の注意を払って劇を組み立てているように見える。観客が第一幕第二場の事件を受容する時に、第一幕第一場の事件をどうしても意識せざるをえないように仕向けているのは、そういう工夫の一例である。

クローディアスは有罪なのか

やがてハムレットは、亡霊の言葉の真偽を確かめるために、デンマークの宮廷へやって来た旅役者たちを使って、先王が弟に毒殺された模様――厳密に言うなら、先王の姿をした亡霊が、先王が弟に毒殺された模様として描写したもの――を再現させる(つまり、この芝居は劇中劇になる)。それを見たクローディアスが、旅役者たちの芝居を最後まで見届けることなく退場したので、ハムレットは、亡霊の言葉は真実だった、クローディアスは本当に兄を殺したのだという確信を得る。一般に受容されている理解に従うなら、こういうことになるであろう。

しかし、『ハムレット』を少し注意して読んだら、この理解には何の根拠もないこと、ハムレットはクローディアスが兄殺しの犯人だという客観的な証拠を手に入れてはいないことに、誰しも気づく筈だ。確かにクローディアスは旅役者たちの芝居の途中で席を立つが、それは彼が良心の呵責に耐えられなくなったからだと断定する根拠はどこにもない。実際に上演される場合には、クローディアスを演じる俳優は、芝居を見ながら苦悶の表情を浮かべたり居心地が悪そうにしたりすることが多いから(それに、俳優というものはとかくこういう演技を披露したがるものだから)、観客は、クローディアスは兄を殺したのだ、ハムレットの推測は正しかったのだと信じがちだ。しかし、シェイクスピアは戯曲の中で、クローディアスの表情や動きについて何の指定も与えてはいないのである。

観客がハムレットを信じる仕掛け

それなら、なぜハムレットの推測は正しかったと、大抵の観客は信じるのだろうか。旅役者による芝居の上演は、第三幕第二場の事件である。それに先立つ第三幕第一場で、デンマークの宮内大臣のポローニアス(彼はハムレットの恋人で、発狂して死んでしまうオフィーリアの父親だ)が、「上辺《うわべ》は殊勝でも中味は悪魔のような人間がいる」といった趣旨の台詞を語る。それを聞いたクローディアスは短い傍白を語り、「今の言葉を聞いて良心が痛んだ」という意味のことを述べる。

これは傍白だから、ポローニアスには聞えないことになっている。しかし、観客にはこの台詞は聞える。これは、クローディアスが自分にはやましいところがあることを初めて口に出して認める台詞である。もちろん、なぜ彼の良心が痛むのかはまだ充分に明らかではないかも知れない。しかし、とにかく観客はこの人物を疑いの目で見るようになる。そして決定的なのは、この台詞が語られる時には、ハムレットは登場してはいないという事実である。ハムレットの認識と観客の認識との間には、目立たないかも知れないが決定的な差が生じるのだ。

旅役者による芝居が演じられる第三幕第二場に続く第三幕第三場で、クローディアスは長い独白を語り、「兄殺し」という言葉を初めてはっきりと口に出す。その場にいるのは彼ひとりだ。ハムレットがこの台詞を聞くことはない。しかし今度も、観客はクローディアスの悪事の動かぬ証拠を彼自身の言葉から得る。つまりシェイクスピアは、旅役者による芝居の上演の前と後との場面で、クローディアスが兄殺しの犯人であることを、観客だけに分るように明示しているのだ。ハムレット自身がこれらの証拠を手中にするわけではない。

しかし、大抵の観客は、第三幕第二場におけるクローディアスの行動をこれらの証拠によって補強し、やはりクローディアスは兄を殺したのだ、ハムレットの推測は間違ってはいなかったのだという結論を下すのではないだろうか。

主人公と同化しない観客

こういう事情は、シェイクスピアがいかに巧みに観客反応を操作したかを、雄弁に物語っている。さほど注意深くない観客が劇の主人公ハムレットと一体になって、この人物の状況認識を共有しながら劇の進行を辿ることを、おそらく彼は予想していたであろう。それが安易で快適な受容のあり方であることも、彼は承知していたに違いない。しかし、彼が秘かに期待していた観客反応は、それとは全く違ったものだったのではあるまいか。

主人公ハムレットに対して距離をおき、決して彼と同化しきることなく、冷静にこの人物の行動を追う観客もいることを、シェイクスピアは期待していたのではないか。ソポクレスの『オイディプス王』の観客は、主人公オイディプスとほとんど完全に一体となって事件を辿る。ソポクレスは観客が主人公の視点とは異なる視点をもつ余地をほとんど残していない。しかし、『ハムレット』はそういう劇ではない。『オイディプス王』が――アリストテレスの『詩学』でも論じられているこの戯曲が――西洋の悲劇の規範となる作品であるとすれば、『ハムレット』はそれとは根元的に異なる演劇観に依拠した劇なのだ。

観客が主人公と一体化することを妨げる悲劇は、実は普通の意味の悲劇ではない。敢えて言うなら、『ハムレット』の作者はソポクレスよりもむしろ異化効果を重視するブレヒトに近いのであり、『ハムレット』は、いや『ハムレット』に限らずシェイクスピアの代表的な悲劇は、悲劇というよりむしろ反悲劇なのだ。『オセロー』や『リア王』を吟味するなら、この事実はさらに明瞭になるであろう。

2 『オセロー』は嫉妬の悲劇ではない

『オセロー』(一六〇四年頃初演)は嫉妬の悲劇だと考えているひとが多いかも知れない。ヴェニスの将軍オセローが、元老院議員を務める有力者ブラバンシオーの娘デズデモーナと、ブラバンシオーには無断で結婚してしまう。だが、軍隊の旗手としてオセローに仕えるイアーゴーが、デズデモーナはオセローの副官であったキャシオーと密通していると、オセローに告げる。イアーゴーの話を信じたオセローは理性を失い、妻を殺害する。その後で、妻が実は貞潔な女であったことを知ったオセローは、自殺する。

『オセロー』は嫉妬の悲劇か

物語だけを辿るなら、この劇を嫉妬の悲劇と見なすひとが現れても不思議はないだろう。だがシェイクスピアは、この劇の登場人物や劇の事件が起る状況について、甚だ具体的な設定をいくつも採り入れている。それらを念頭において作品を吟味するなら、『オセロー』を嫉妬の悲劇として割切るのは実は浅薄極まりないやり方であることに、誰しも気づくに違いない。

決定的なのは、劇の主人公オセローが黒人(厳密に言うならムーア人)だという事実である。

出自においては、彼はヴェニスという白人社会にとっては《よそ者》なのだ。『ヴェニスの商人』のシャイロックもよそ者だったが、そのことは、彼がユダヤ人であることを知らない者にとっては、必ずしも明白ではないかも知れない。しかし、肌の色が黒いオセローは、自分がよそ者であることを常に意識しながら行動せねばならない。

それでは、異邦人オセローはどんなかたちでヴェニスにつながっているのか。戯曲『オセロー』が執拗に強調している通り、オセローは軍人である。敢えて言うなら、彼は軍人でしかない。ヴェニスが彼を有用だと見なす理由は、ただひとつ、彼が軍人として有能であるからなのだ。そういう男がよりによってヴェニスの有力者の娘と結婚するのは、結果的には、この体制の中枢に接近し、体制に対する自らの帰属性を高める行為となってしまう。

オセローとデズデモーナとの結婚は、当然ながらブラバンシオーの不興を買う。しかし元老院はオセローを処罰したりはしない。それはオセローが結婚までの経緯について堂々と申し開きするからでもあるが、ヴェニスの植民地であるサイプラス島がたまたまトルコ軍に攻撃されようとしており、それに立ち向うためには、どうしてもオセローの力が必要であるからだ。やや卑俗な言い方をするなら、ヴェニスはオセローに頭が上らないのである。

元老院はオセローの結婚とトルコ軍による攻撃というふたつのできごとについて議する。つまりシェイクスピアは、この場面で、家庭人と軍人というオセローのふたつの面を示しているのだが、それは、この劇が嫉妬という私的感情だけではなくて、ヴェニスという体制と異邦人との関係という公的な状況をも扱うものであることを強調したかったからなのだと考えたら、納得が行く。

無防備状態への一撃

オセローは軍を率いてサイプラスへ出陣する。デズデモーナも彼に従う。ところが一同がサイプラスに到着してみると、トルコ軍は嵐に襲われて壊滅状態になっていた。つまり、軍人オセローが果すべき仕事はもうなくなっていた。それだけならまだしも、彼が信頼して副官に取り立てたキャシオーが酒に酔って喧嘩騒ぎを起してしまった。オセローはキャシオーを罷免する。キャシオーの失脚は、オセローにとっては、自分の信頼が裏切られたこと、自分にはひとを見る目がなかったことを意味する。

サイプラスは、本来なら、オセローがヴェニスにとっての自分の存在意義を証明できる場所となる筈だったが、今では、それはヴェニスから遠く離れたただの異国でしかない。こうしてオセローは一種の空白状態に陥る。イアーゴーがデズデモーナの不貞という嘘をオセローの耳に吹きこみ、彼を破滅へ導く作業に実際に取りかかるのは、オセローがこういう空白状態、無防備な状態に陥った後のことなのだ。

そしてオセローはイアーゴーの嘘を簡単に信じてしまう。軍人としての自らの存在について確かな手ごたえを感じていたら、オセローはこれほど他愛なくイアーゴーにだまされたりはしなかったかも知れない。しかもこの場合、嘘をつくのが他の誰でもなくてイアーゴーであることが決定的なのだ。人は誰しも、同じ話を聞かされても、その話をするのが誰であるかによって、それを信じたり信じなかったりする。オセローがイアーゴーの話を信じるのは、彼が本質的にひとがよくてだまされやすい男であるからではなくて、イアーゴーを全面的に信用しているからだと理解すべきである。

狂言回しイアーゴー

但し、オセローの認識が捉えたイアーゴーと観客の認識が捉えたイアーゴーとの間には決定的なずれがある。イアーゴーは、オセローの最初の登場より前に登場し、ロダリーゴーという、デズデモーナに横恋慕している男に向って、自分はオセローに対して強い不満をもっている旨、執拗に語る。イアーゴーはオセローの副官になろうとして有力者の力を借りることまでしたのに、自分ではなくてキャシオーがその仕事を与えられた、これは納得できないと、彼は述べるのである。

イアーゴーがオセローを破滅させようとすることには動機が認められない、イアーゴーの悪意は動機を伴わない悪意だとする説が昔からあるが、劇の冒頭で、自分の出世のために協力しなかったオセローに対して、イアーゴーが洩らす不満を疑う理由はどこにもない。イアーゴーはオセローに敵意を抱いているという、オセロー自身は知る由もないことを、観客は逸早く知ってしまうのである。

オセローがサイプラスへ出陣することが決った後、イアーゴーは長い独白を語り、デズデモーナとキャシオーをめぐる嘘をオセローに告げるつもりでいると述べる(そして、既に指摘した通り、サイプラスのオセローは、イアーゴーがこの計画を実行に移すには甚だ好都合な状況におかれることとなった)。

イアーゴーは状況に応じていい加減なことを言う人物ではあるが、独白では彼は本心を明かす(独白とは語り手の本心が明かされる台詞なのだ)。つまり観客は、オセローがまだサイプラスに到着しないうちに、彼が危険にさらされようとしていることを知るのである。イアーゴーは、もちろん劇中人物のひとりではあるが、独白を語る時にはコーラスとして機能している。あるいは、狂言回しとして劇の状況を支配していると言ってもいい。

観客と登場人物の状況認識

イアーゴーのそういう面は、たとえば第四幕第一場で遺憾なく発揮される。ここでイアーゴーはオセローに向って、これから自分はデズデモーナとの関係についてキャシオーに訊ねてみるから、その様子を物陰で窺うようにという指示を出す。そして現れたキャシオーには、デズデモーナではなくてキャシオーのなじみのビアンカという娼婦との関係について訊ねる。

オセローには、イアーゴーとキャシオーのやりとりは聞えないが(厳密に言うと、聞えないという想定になっているが)、二人の様子はよく見える。そしてイアーゴーの計算通り、オセローは事態を決定的に誤解する。もちろん観客には事態が本当はどんなものなのかが、そして、それをオセローがなぜ誤解するのか、また、どんな風に誤解するのかが、分りすぎるほど分っている。観客とオセローとの間には決定的な距離が生じるのである。

あるいは、デズデモーナがオセローに向って、キャシオーの復職を願い出る場面が何度も現れる。実際にはデズデモーナはキャシオーの懇願を容れて行動しているにすぎない(もちろん今度も観客にはすべての事情が分っている)。しかしオセローは、デズデモーナは親密な関係にある男のために便宜を図ろうとしているのだと考える。そして、彼がこういう致命的な誤解をしてしまう事情は、例によって観客にはよく分っている。こういう場面において、観客がオセローと一体になることは不可能だろう。なぜなら、オセローの状況認識と観客の状況認識との間には、あまりにも大きな断絶があるからだ。

状況認識において観客にいちばん近い人物は、もちろんイアーゴーである。多くの場面で、観客は彼の視点を通じて状況を捉える。しかし彼は極悪人だから、道徳意識ないし美意識の次元で、観客が彼に共感することはありえない。この劇の観客は、心情的にはオセローに共感しながら、状況認識においては彼に対して距離を保つ。そして、心情的にはイアーゴーに反撥しながら、状況認識においては彼に対して親近感を抱く。つまり『オセロー』の観客とは、こういう根元的な二重性を要求される存在なのだ。これは普通に考えられる悲劇の観客のあり方ではない。

ヴェニスがオセローを破滅させる

もしもシェイクスピアが単なる嫉妬の悲劇を書こうとしたのであったのなら、別に主人公を異邦人にしなくてもよかったであろう。だが実際には、彼は主人公を黒人にした。ヴェニスがオセローを必要としているのは、この男が有能な軍人であるからだ。しかし、この有能な軍人は、ヴェニスによって期待されている役割の範囲を越え、ヴェニスという体制の中枢に過度に接近しようとした。ヴェニスはそれを好まない。戯曲を通読すれば、実はヴェニスがオセローに対して終始冷やかな態度を貫いてしかいないことが鮮明になるに違いない。

とすれば、オセローに対するイアーゴーの悪意の根底にあるのは、体制に同化しようとした異邦人に対する、理窟抜きの反撥なのだと解釈することも、可能であるかも知れない（理窟抜きの悪意が無動機の悪意に見えるのは少しも不思議ではない)。『オセロー』を嫉妬の悲劇と捉えるのは、この劇を矮小化することでしかない。オセローはヴェニスという体制によって利用され、破滅させられるのだ。観客はオセローの愚かさを認めずにはいられないが、他方、彼を破滅させるヴェニスの体制に共感することもできない。『ヴェニスの商人』においては、キリスト教徒とユダヤ人の両方が相対化されていたが、『オセロー』においても、ヴェニスと異邦人の両方が相対化されている。

『オセロー』が扱っている事件は《悲劇的》であるかも知れないが、作者は観客が主人公に同化することなど期待してはいない。だから『ハムレット』とはいくらか違った意味で、やはりこの作品も純粋の悲劇ではないのである。

3　登場人物と観客の距離――『リア王』の場合

ハムレットやオセローと違って、『リア王』(一六〇五～〇六年頃初演)の主人公であるブリテン王リアは、劇が始まると間もなく登場する。彼が登場する前に、王の臣下であるケント伯爵とグロスター伯爵、そしてグロスターの息子のエドマンドの三人が短い対話を交すが、それは、リア王が知らない重要な情報を含んでいるようには聞えない。但し観客は、間もなく登場する主人公が既に精神の平衡を失っており、自分がおかれている状況を正しく把握できていないことに気づく。その意味で、観客と主人公との間にはやはり決定的な距離が生じるのである。

精神の平衡を失った王

登場したリアは、王国を分割して三人の娘に与えることを宣言し、娘たちが領土を贈られるにふさわしいかどうかを確認するために、父親に対する愛情がどのようなものであるかを述べるように要求する。長女ゴネリルと次女リーガンは、大仰な言葉で父親への愛を表現するので、リアは満足する。しかし末娘のコーディーリアは、自分を生み、育ててくれた父親に感謝はするが、自分の愛情はそれ以上でも以下でもないという、冷淡に聞えかねないことを述べ、しかも、既に夫がいるのに、父親に対する愛情がすべてであるかのように語った姉たちを批判する。

リアにとっては、コーディーリアのこういう態度は全く予想外である。この発言の前にコーディーリアは何度も傍白を語り、自分が父親の期待に沿えそうもないことについての悩みを吐露するから、彼女の発言をいくらか予想していた観客もいるかも知れないが、しかし、ほとんどの観客にとっては、彼女の態度はやはり意外なものであるに違いない。

いずれにせよ、リアは激怒する。そして、彼を諌《いさ》めようとするケントを追放する。その場にはコーディーリアの二人の求婚者がいたが、そのうちのひとりであるフランス王は、コーディーリアが無一物となったにもかかわらず、彼女を喜んで后に迎えようと言う。姉たちがどんな人間であるかを知っているコーディーリアは、父の身の上を案じながらフランスへ向う。

こういう展開に対してリアが取る行動を目撃する観客は、どうやらリアは精神の平衡を失っているらしいと感じ始めるであろう。そして、この印象は、やがて二人きりとなったゴネリルとリーガンが交すやりとりによって裏づけられる。二人は、リアはもはや冷静な判断ができなくなったようだから、それなりに注意してつき合わねばならないと言う。このやりとりは、彼女らの大仰な愛情告白は上辺だけのものにすぎなかったことを示すものにもなっている。だが、もちろんリアはそのことに気づかなかった。劇の主人公と観客との間には、ここで決定的な距離が生じるのであり、この段階で観客は主人公を対象化するのである。

並行するグロスター伯のプロット

続く第一幕第二場は、グロスターの息子エドマンドの独白で始まる。エドマンドはグロスターが正妻ではない女に生ませた子であり、嫡出子である異母兄エドガーに対して強い反感を抱いている。彼は兄について父親に讒《ざん》言《げん》し、兄を陥れるつもりでいると述べる(自分がたくらんでいる悪事について、それを実行に移す前に述べるこの独白には、たとえば『オセロー』のイアーゴーの独白に通じるところがある)。観客はまずこの独白を聞くから、それ以後の展開を距離をおいて見守ることになる。もちろんエドマンドの奸計は功を奏し、グロスターは、エドガーが自分の命を狙っているというエドマンドの嘘を信じてしまう。実際には父親思いの息子であるエドガーは、弟の口先だけの忠告に従って、館を逃れ、身を隠す。

つまり、リアもグロスターも、本当に自分を愛している子供と、自分を愛しているふりをしているにすぎない子供とを取違えるという、致命的な誤りを犯してしまうのである。『リア王』は典型的なダブル・プロットをもった劇だが、ふたつのプロットのどちらにおいても、中心人物が見せかけを真実として受けとめるという、同じ事件が起るのだ。こうして観客は、リアをもグロスターをも対象化せざるをえなくなる。

狂気と失明がもたらしたもの

問題は、こうして対象化されたリアやグロスターを、観客は果して悲劇的人物として捉えるのかという点にある。リアもグロスターも、自分の誤解の結果として徹底的に痛めつけられる。リアはゴネリルとリーガンによって冷遇され(と言うより虐待され)、完全に正気を失った状態で嵐の荒野にさまよい出る。グロスターはリアに救いの手を差し伸べようとするが、そのことを知ったリーガンの夫コーンウォール公爵の怒りを買い、コーンウォールによって両眼をえぐり出される。その後で彼は、自分をコーンウォールに売り渡したのがエドマンドであったことを初めて知る。

比喩的な言い方をすることが許されるなら、目が見えていた時のグロスターには何も見えてはいなかったのだ。同様に、理性を何ほどか保っていた時のリアにも、状況を理性的に捉えることはできなかったのである。リアは理性を失うことと引換えに、三人の娘についての正しい認識を獲得する。グロスターは失明した後になって、二人の息子についての自分の認識が決定的に間違っていたことを悟る。これは皮肉な設定ではないだろうか。

しかも、皮肉はこの段階に留まらない。発狂したリアと失明したグロスターはやがて再会する。そして二人が交すやりとりには、人間や世界についての実に深遠な洞察が含まれている。この設定の根底にあるのは、狂気や失明がかえって正しい認識をもたらすという逆説なのである。もしもここで劇が終っていたら、観客は、リアやグロスターは悲劇的人物にふさわしい威厳を獲得したのだと考えるかも知れない。この二人は揃って愚かなあやまちを犯したが、やがてそのことに気づき、劇が始まった時よりもはるかに高い境地に達するのだというわけである。

しかし、『リア王』はここでは終らない。失明して荒野をさまようグロスターには、

救いのない結末

実は乞食に身をやつしたエドガーが付き添っている。だが父親の方は、自分を護ってくれているのが、かつて自分が悪人と誤解した息子であることに気づかない。や

がてエドガーは自分の正体を明かす。真相を知ったグロスターは心痛と衝撃のあまり死んでしまう。彼と息子との和解は、彼の命を奪う結果となるのである。これは果して救いのある結末だと言えるのだろうか。グロスターの物語には救いはないと解釈する方がずっと自然ではないだろうか(グロスターの死は実際に舞台上で起るわけではない。エドガーが彼の最後の模様を台詞で語るだけである。しかし、エドガーの台詞の内容を疑う理由はどこにもない)。

リアの場合はさらに残酷だ。妻の父親が不当な扱いを受けていることを知ったフランス王は、軍を率いてブリテンへ進攻する。コーディーリアも夫に従う。リアはフランス軍によって保護される。彼はコーディーリアと再会し、和解する。一方、ゴネリルの夫オールバニー公爵は、ブリテン軍を率いてフランス軍と戦う。オールバニーはリーガンの夫のコーンウォールと違って温和な善人だが、フランス軍がブリテンという他の国へ侵入したのは、やはり許せない行為であり、撃退せざるをえないのだ。戦はブリテン側の勝利に終る。そして、まことに皮肉なことに、ブリテン王だったリアもその娘のコーディーリアもブリテン軍の捕虜となる。

ブリテン軍の一員であるエドマンドは、ひそかにリアとコーディーリアとの殺害をたくらむ。だが彼は、すがたをあらわしたエドガーと決闘し、致命傷を負う。初めて自らの行為を悔いたエドマンドは、二人を殺害せよという命令を撤回する。しかし、それは手遅れで、コーディーリアは既に落命していた。娘の遺骸を抱いて登場したリアは、激しい悲しみにさいなまれて絶命する。

この結末にも救いは感じられない。コーディーリアはいわば手違いによって殺されるのであり、エドマンドがもう少し早く命令を撤回していたら、彼女は(そしておそらくリアも)死なずにすんだ筈であるからだ。悲劇を結ぶ死とは、必然性を感じさせるものでなければならないが、コーディーリアとリアとの死には、ロミオとジュリエットの死の場合と同じく、必然性が欠けているのである。

『オイディプス王』と『リア王』

『リア王』は、救いというものを徹底的に排除した残酷な悲劇であり、いわばおおむねの悲劇よりもはるかに悲劇的な悲劇なのか。それともこれは、悲劇がもたらす充足感を欠いているから——観客を納得させることがないから——悲劇とは呼べないのか。別の言い方をするなら、劇の世界と観客との間にある距離は解消されるのか、それとも、それは最後まで残っているのか。

既に言及したソポクレスの『オイディプス王』と比べたら、『リア王』の世界と観客との間にある距離は最後まで埋らないことがよく分るであろう。オイディプスが、父親を殺し、母親と交わるという、決定的な罪を犯してしまうのは、劇が始まる前のことである。観客はオイディプスの行動を事後に知るのだ。だがリアもグロスターも、観客の目の前で誤りを犯す。観客には、彼等が誤りを犯す過程がよく見えている。観客は彼等の愚行の目撃者となるのであり、それゆえに、観客がリアやグロスターに完全に共感することはほとんど不可能になる。確かにリアやグロスターの身の上に起る事件は悲痛だ。また、彼等がある高い境地に達することも事実である。だがシェイクスピアは、観客がリアやグロスターに対して、どれほど短くはあってもー定の距離を最後まで保ち続けることを、求めているように見える。

4 『マクベス』の主人公は運命に挑む

『マクベス』(一六〇四年頃初演)の主人公であるスコットランドの将軍マクベスは、この劇の第一幕第三場まで登場しない。シェイクスピアは、それに先立つふたつの場面(特に第一幕第二場)において、この人物に関する重要な情報を観客に与えるように、細かく配慮している。それだけではない。観客がマクベスという人物についてもっている情報とマクベスが自分自身についてもっている情報との間には、決定的な差があるのだという事実にも、作者は観客の注意を向けさせようとしている。

劇の冒頭の場面では、三人の魔女が登場し、間もなくマクベスに逢う筈だといったことを述べる。この段階では、観客はマクベスが何者であるかをまだ知らないと考えるべきだが、この人物の名前だけは記憶に残るであろう。次の第一幕第二場では、スコットランドの王ダンカンに対して謀叛を起した者たちに対するマクベスの奮戦ぶりが語られ、ついで謀叛人であるコーダーの領主の敗北が伝えられる。ダンカン王は、コーダーの領主の処刑を命じ、彼の位をマクベスに与えることにする。

魔女とマクベス

そして続く第三場で、観客は、かねて名前だけは聞き知っていたマクベスと、もうひとりの将軍であるバンクォーとが、三人の魔女に出くわす様子を目撃する。魔女たちはマクベスをまず「グラーミズの領主」と呼び、それから「コーダーの領主」と呼ぶ。マクベスは当惑する。確かに彼は父親の後を継いだ「グラーミズの領主」ではあるが、「コーダーの領主」はまだ存命の筈だと彼は言う(彼は謀叛者たちとの戦いを主導したのだから、この台詞は奇異に響くに違いない。コーダーの領主の死をマクベスはまだ知らないのだから、これでもいいとする考え方もあるが、あまり説得力のある説明とは思えない。ここで重要なのは、おそらく、思いがけない称号で呼ばれることに対して感じるマクベスの戸惑いなのであろう。もっと分りやすく言うなら、マクベスがコーダーの領主になっていることを、観客は既に知っているのに、当のマクベスはまだ知らないという、状況設定が重要なのである)。

　魔女たちは、マクベスはやがて王になる身であり、また、バンクォー自身は王にはならないが、彼の子孫が王になるとも述べる。魔女たちが消えると、ダンカン王から差し向けられた使者が登場し、コーダーの領主の位がマクベスに与えられたことを彼に告げる。つまり、魔女たちが彼を「コーダーの領主」と呼んだのは、事実に基づく行動であったことを彼は悟るのである。もちろんこれによって、マクベスは、まだ事実となってはいない魔女の言葉——やがて彼は王になるであろうという予言——を、いやが上にも意識するようになり、さまざまに思い迷う。シェイクスピアは、マクベスの心の動きが極めて自然なものであることを、巧みに観客に伝えている。

運命と人間のはざま

　「もしも運命が自分を王にしようというのなら、何もしなくても自分は王になる筈だ」とマクベスは言う。人間を超えた者の意志が人間に認識できるかたちで示されているという意味で、『マクベス』にはソポクレスの『オイディプス王』に通じるところがある。オイディプスの両親は、息子がやがて父親を殺害し、母親と交わることになるという神託を聞いて、息子を殺させようとする。しかし、オイディプスは生き延び、別の夫婦に育てられる。成人した彼は自らについての神託を知る。彼が両親だと思いこんでいる夫婦は実は育ての親にすぎないのだが、そのことを知らないオイディプスは、神託の実現を回避するために、その土地を逃れる。そして神託通り、実の父親を殺し、実の母親と結婚する。

オイディプスの行動には──そして、彼の両親の行動にも──矛盾が含まれている。もしも神託を信じているのなら──あるいは、神託が必ず実現すると考えているのなら──それが実現するのを回避しようとするあらゆる努力は無駄であることに気づく筈だ。他方、神託を信じていないのなら、それを無視すればすむのであり、それが実現するのを回避しようとわざわざ努めるには及ばない。つまり、神託を信じるにせよ信じないにせよ、これといった行動を起す必要はないことになる。しかしオイディプスも彼の両親も、冷静に考えたら無意味としか呼べない行動を敢えて起した。

「自分が王になる運命なら、自分がそのために行動する必要はない筈だ」という意味のことを述べるマクベスは、運命と人間の主体性(あるいは自由意志)との微妙な関係に気づいているように見える。魔女の予言が絶対者の意志を体現しているのなら、その真の意味は人間には測り知れない筈なのだ(絶対者は、人間の理解を超えているからこそ絶対者なのである)。

だがマクベスは、ある行動を起すことによって魔女の予言が実現するようにしようとした(マクベスは予言を実現させるために、そしてオイディプスは神託の実現を妨げるために、行動するのだが、人間を超えた者の意志に人間が介入しようとするという意味では、両者のあり方は同じなのである）。すなわち、マクベスはダンカン王がマクベスの居城に泊ることになったのを利用して、夫人と図り、王を暗殺するのである。こうしてマクベスは王位につく。

予言の《裏の意味》

だが彼には気がかりなことがある。魔女の予言によれば、バンクォーの子孫が王になる筈であるからだ。そこで彼はバンクォーとその息子のフリーアンスとを殺そうとする。バンクォーは死ぬが、フリーアンスは逃れる。もちろん魔女の予言の内容が真実であるのなら、バンクォーの息子が死ぬことは考えられない。今度もまた、マクベスの行動には矛盾が含まれている。魔女の予言を信じているにせよ信じていないにせよ、彼が余計なことをする必要はなかったのだ。

不安から脱しきれないマクベスは、魔女を訪ねて、自分の運命についてあらためて問いただす。魔女たちはふたつのことをマクベスに告げる。まず、女から生れた者にはマクベスを倒すことはできないのであり、次に、マクベスの居城があるダンシネインに向って、近くのバーナムの森が押し寄せて来るまでは、マクベスは安泰だというのである。

森が城に向って移動するなどといったことは考えられないし、女から生れた者でない人間はこの世にはひとりもいない。つまり、不可能なことが起らない限りマクベスの安全が脅かされることはない——魔女の言葉の意味をマクベスは（そして観客も）そのように理解する。もちろん敏感な観客は、魔女の言葉には何か裏の意味がありそうだと感じるであろう。しかし、それが何であるかは分らない。

かりに《裏の意味》が、マクベス自身が知る由もない段階で観客に明らかにされていたら、そこで観客とマクベスとの間には決定的な距離が生じる。観客は、『オセロー』や『ハムレット』の観客と同じように、主人公と一体になることができなくなり、従って劇『マクベス』は悲劇とは呼べなくなるであろう。

裏の意味に気づくとき

もちろん魔女たちの言葉には裏の意味があった。殺されたダンカン王の息子は、軍を率いてマクベスの居城を攻める。城に向って進軍するに際して、軍の兵士たちは森の木々の枝を切り取って身につけ、高台にある城から自分たちの姿が見えないようにする。その結果、城の人々には、まるでバーナムの森そのものがダンシネインに向って移動しているように見えるようになる。

やがてマクベスはマクダフという男と一騎打ちになる。「女から生れた者には自分を倒すことはできない」と叫ぶマクベスに向って、マクダフは、「自分は月満たずして母親の胎内から取り出されたのだ」と答える。それを聞いたマクベスは一度はひるむが、降伏せよというマクダフの要求を斥け、「たとえバーナムの森がダンシネインに向って押し寄せて来ようと、また、女から生れたのでない者を相手にすることになろうと、自分は最後まで戦い抜く」と宣言する。

魔女の予言の《裏の意味》は、マクベスだけでなく観客にとっても驚きである。マクベスが裏の意味を悟るまさにその時に、観客も裏の意味に気づくのだ。両者の間には全く距離がないのであり、観客は主人公マクベスと一体になって状況を把握する。こうして『マクベス』は悲劇となるのである。

悲劇的存在としてのマクベス

だが、この作品の悲劇性はもっと根元的なところにある。マクベスは、運命という絶対的な存在の意志を探るという、人間には完遂することができない行為に挑んだ。結果として彼は王になるのだが、その前に彼は正当な王を殺した。魔女は、マクベスがやがて王になると予言したが、もしもこの予言が絶対者の意志によってなされたものであったのなら、絶対者はマクベスがダンカンを暗殺することを計算に入れていたのだろうか。ダンカン殺しはマクベスの自由意志に基づく行動のように見えるが、実は彼は運命に操られていたにすぎないのだろうか。もちろん分らない。マクベスが取組んだのは、明確な答が得られない問いなのだ。

マクベスは死を目前にして、自らを悲劇的存在として完成させる。「最後まで戦い抜く」と宣言する時の彼は、もちろん自分が敗れることを知っている。しかし、こう宣言することによって、彼は運命によって支配されることを拒否し、自らの主体性をあくまでも主張しようとしている。この点で、マクベスはシェイクスピアの他の《悲劇》の主人公たちと大きく異っている。

観客は、オセローやハムレットはもちろん、リア王とさえも、完全に一体になることはできない。だが、絶対者に挑み、最後まで自らの主体性を捨てようとしないマクベスのような人物を、距離をおいて眺めることは、観客にはできない。『マクベス』はシェイクスピアが書いたほとんど唯一の真の悲劇なのである。

第四章　不快な題材はどう処理されるか

1 『タイタス・アンドロニカス』の暴力

『タイタス・アンドロニカス』(一五九四年頃初演)はシェイクスピアの劇の中でも最も残酷なものと見なされることが多いが、これは本当にそれほど残酷な劇なのだろうか。

暴行 主人公タイタスはローマの将軍だが、ゴート人を相手とする長年の戦にようやく勝利を収め、捕虜となったゴート人の女王タモラや彼女の息子たちを伴ってローマに凱旋する。タイタスにはラヴィニアという娘がいるが、あらたにローマ皇帝となったサターナイナスは彼女を妻にしたいと言う。しかし彼女は彼の弟のバシエイナスと愛し合っている。そこでサターナイナスはタモラを后に迎える。権力の座についたタモラはかねて敵意を抱いていたタイタスに復讐したいと思う。彼女はエアロンという黒人と密通しているのだが、彼は悪事にかけては凄腕の男だ。タモラの息子のディミートリアスとカイロンのどちらもがラヴィニアに対してよこしまな気持を抱いていることを知ったエアロンは、二人してラヴィニアを強姦するようにそそのかす。タモラも息子たちをけしかける。

ディミートリアスとカイロンは、既にラヴィニアの夫となっていたバシエイナスをまず殺害し、ついでラヴィニアを強姦する。そして、彼女の舌と両手を切り落とす。こうすれば、ラヴィニアが自分に危害を加えた者の名を口にしたり文字で記したりすることはできない筈だからである(なお、バシエイナス殺害は実際に舞台上で演じられるが、ラヴィニアに対する暴力行為そのものが目に見えるかたちで示されるわけではない。観客は、変り果てたすがたで登場したラヴィニアを見て、予告されていた事件が起ったことを知るのである)。

道具としての『変身物語』

娘を前にしてタイタスは悲嘆にくれる。やがてラヴィニアは、たまたま身近なところにあったある書物の頁を手首から先のない腕で懸命に繰り、ある個所を父親たちに示す。その書物とはオウィディウスの『変身物語』、彼女が示した個所とは、第六巻のピロメラ(英語ならフィロメラ)の物語を述べたくだりである。

ピロメラはアテナイ王パンディオンの娘だが、彼女の姉プロクネはトラキア王テレウスの妻となった。ところが好色なテレウスはピロメラに横恋慕し、奸計を案じた上で彼女を強姦した。そして、自分の悪行が知られないようにピロメラの舌を切り取った。しかし幽閉されたピロメラは、自分の身の上に起ったことを綴った織物を作り、それを姉のもとへ送る。すべてを知ったプロクネは、まず妹を見つけ出し、ついでテレウスとの間にもうけた息子を殺して、彼の肉を用いた料理を夫に食べさせる。こうしてプロクネとピロメラはテレウスに対する復讐を果す。

つまりラヴィニアは、『変身物語』の特定の個所に父親の注意を惹きつけることによって、自分の身の上に何が起ったかを伝えようとしているのである。彼女の狙いは功を奏し、タイタスは事実を把握する。それを見たタイタスの弟マーカス・アンドロニカスは、両足と口だけを使って杖で地面に自分の名前を書いてみせ、ラヴィニアに向って、この通り手が使えなくても文字は書けるのだから、自分に危害を加えた者の名を記してみよと言う。するとラヴィニアは、杖を口にくわえ、不自由な両腕を使って、「強姦――カイロン――ディミートリアス」と地面に書く。

なぜ『変身物語』を使うのか

妙な理窟を言うように感じられるに違いないが、この場面でラヴィニアがオウィディウスの本の特定の個所を示すという行為は、劇の事件の展開そのものにとって不可欠とは言えない。ラヴィニアがいくら懸命にオウィディウスの本に父親たちの注意を惹いても、それによって、彼女を非道な目に遭わせた者の名が明らかになるわけではない。また、ラヴィニアを暴行したタモラの息子たちには思い及ばなかったことであるにせよ、杖を使って犯人の名を地面に記すというやり方がありうるのなら、ラヴィニアがそれほど悩んだり苦労したりする理由はないことになる。要するに『変身物語』という小道具は、《犯人捜し》のためにはほとんど何の役にも立っていないと言わざるをえないのである。

それならシェイクスピアは、なぜ自作の中でオウィディウスの著作に言及したのだろうか。ラヴィニアが『変身物語』に父親たちの注意を向けるという事件は第四幕第一場で起るのだが、フィロメラの物語についての台詞が語られるのは、実はこれが最初ではない。すなわち第二幕第三場で、エアロンがタモラに向って、「ラヴィニアはフィロメラのように舌を切られることになっている」という趣旨のことを言う。そして続く第二幕第四場で、悲惨なすがたのラヴィニアが登場する。そこへやって来たマーカス・アンドロニカスは、卑劣な男が彼女を強姦したに違いないことを直ちに把握する。彼は姪の様子をフィロメラにたとえた上、フィロメラと違って姪は両手まで切り取られたから、フィロメラのように事件を綴る織物を作ることもできないと述べる。

第四幕第一場の事件は、こういう台詞の続きとして起るのだ。とすると、シェイクスピアが意図していたのは、真相糾明の手段としてオウィディウスの書物を利用することであるよりも、ラヴィニアの事件には原話があること——しかも、ラヴィニアの事件は原話とは微妙に違っており、原話よりもさらに残酷なものになっていること——を、観客に伝えることであったと考えねばならない。別の言い方をするなら、シェイクスピアは劇の成立過程について観客に一種の信号を送り、観客反応を操作しようとしているのである。

原話を示唆することの効果

もちろんフィロメラの物語を聞いたことがない観客には、作者が送る信号は届かない。しかし、シェイクスピアの観客の中には、オウィディウスを読みこなすことができるほどラテン語に堪能であったひともいたに違いない(シェイクスピア自身も、原典をそのまま読むことができたかも知れない。実はこの戯曲には、ラテン語の台詞がいくつも現れる)。かりに原典を読んでいなくても、アーサー・ゴールディングという文人による『変身物語』の英語訳が一五六七年に出ているから、それを読んでいたひとなら相当数いたと考えられる。

そういう観客に向って、シェイクスピアは、ラヴィニアの事件は純然たる創作ではないこと、先行作品を踏まえたものであることを、さりげなく伝えようとしているのだ(シェイクスピアがゴールディングの英語訳を熟読し、いくつかの戯曲で利用したことについては、確証がある)。

『タイタス・アンドロニカス』には、フィロメラの物語に対する言及がさらにもう一度現れる。第五幕第二場である。タイタスが、ラヴィニアを辱めたディミートリアスとカイロンを捕え、殺そうとしている。彼は二人の死体からパイを作り、二人の母親のタモラに食わせるつもりでいる。タイタスは二人に向って、「お前たちはラヴィニアをフィロメラよりもひどい目に遭わせたから、私はフィロメラの姉のプロクネよりも激しい復讐をするのだ」と宣言する。

シェイクスピアは、この台詞によって、これから起ろうとしている事件にも原話が存在することを、観客に伝えようとしている。具体的に言うと、プロクネがわが子の肉を夫テレウスに食わせたという『変身物語』の事件を自分が意識していることに、観客が気づくように仕向けているのである。

だが、今度もまた原話とシェイクスピアの戯曲との間には微妙な違いがある。原話では息子の肉を食わされるのは父親で、料理を準備するのはこの男の妻と彼女の妹だが、戯曲では息子の肉を食わされるのは母親で、料理を準備するのは、問題の息子たちによって娘を辱められた男である(なお、ラヴィニアも料理の準備に参加する)。

『タイタス・アンドロニカス』に特定の材源があったかどうかについては、定説がない。父親が知らずに息子の肉を食うという事件は、セネカの悲劇『テュエステス』にも現れるから、シェイクスピアはこの作品をも念頭においていたと考える研究者もいる。この考え方が正しいかどうかはともかく、シェイクスピアが『変身物語』を何ほどか意識しながら『タイタス・アンドロニカス』を書いたことには疑問の余地がない。

生々しさを欠く暴力事件

確かに『タイタス・アンドロニカス』には残酷で暴力的な事件が充満している。しかし、奇妙なことにこういう事件には生々しさが欠けている。この作品のひとつの特徴は、神話だの故事だの過去の文藝作品だのに対する言及が頻出することである。残酷な事件は、既に文学化されている過去の残酷な事件の変型として捉えられているのだ。

『タイタス・アンドロニカス』という新しいテクストは、先行テクストの存在を前提にしたテクストとして——文学を《再文学化》したものとして——提示されているのである。つまり、この劇は残酷な内容にもかかわらず、意外に《文学的》で知的な——衒学的とさえ言える——作品なのだ。

たとえばラヴィニアの悲運がフィロメラの悲運の変型であることに観客の注意を惹きつけることによって、シェイクスピアは、自分がどのようにしてこの戯曲の構想をまとめたかを具体的に示そうとしている。彼はいわば手の内を明かしているのである。そしてこの作業は、演劇表現そのものの仕掛けを明かすという作業にも及ぶ。

どんな劇の場合でも、劇における暴力は、ほんものの暴力ではなくて、演じられた暴力、記号化された暴力にすぎない。しかし大抵の劇作家は、そのことに気づいていないかのようなふりをする。そうしないと、観客が白けてしまうからである。ところが『タイタス・アンドロニカス』のシェイクスピアは、何度も何度も、劇中の暴力が暴力の記号にすぎないことを観客に意識させ、観客が残酷な事件に没入したり、人物と一体になったりすることを、念を入れて妨げている。彼がこの一見暴力的な劇の観客に対して求めているのは、実は感性よりもむしろ知性を働かせて作品を受容することなのである。

2 『トロイラスとクレシダ』は観客の不安を誘う

『トロイラスとクレシダ』(一六〇二年頃初演)は『ジューリアス・シーザー』や『アントニーとクレオパトラ』と同じように、観客が熟知している史実を扱っている。だが、この劇の場合、シェイクスピアは、劇の内容について観客が相当量の情報を既にもっているという事実を、『ジューリアス・シーザー』や『アントニーとクレオパトラ』の場合よりもずっと大幅に利用している。

愛の誓いの物語

『トロイラスとクレシダ』はトロイア戦争の物語だ。こう言えば、トロイア(英語ならトロイ)側とギリシア側との種々の駆引きや、両者のそれぞれの内情(特にギリシア側の内紛)などといった、政治的・軍事的事件が劇の中心になっていることは、この劇を読んだことも観たこともないひとにも予想がつくに違いない。

しかし、この劇では、こういう大がかりな事件を背景として、もっと私的な物語も進行している。すなわちトロイ王プライアムの末の息子トロイラスと、トロイの神官キャルカスの娘クレシダとの恋愛である(なお、未来を予知する能力をそなえたキャルカスは、トロイがやがて滅亡することに気づき、劇が始まった時には、既に祖国を裏切って、敵であるギリシア軍に身を投じている。このことは、やがてクレシダの身の上に重大な影響を及ぼすことになる)。

トロイラスとクレシダとの恋愛は、クレシダの叔父パンダラスのとりもちによって、成就することとなる。第三幕第二場で、同衾を前にした恋人たちは愛を誓い合う(二人は正式に結婚していないうちに肉体関係を結んでしまうのだ)。トロイラスは、自分はまことの恋人の鑑となるから、将来、恋する男は自らの愛情の確かさを表現するために、「トロイラスのように真実な」という言い方を用いるようになるだろうと述べる。クレシダは、かりに自分がトロイラスを裏切るようなことがあったら、「クレシダのように不実な」という言い方がいつまでも用いられるようになるだろうと言う。

二人の台詞を受けて、パンダラスがこう語る――

パンダーと名乗る男

かりにもお二人が相手を裏切ることがあったら、何しろこの私はお二人を一緒にするためにこれほど骨を折ったのだから、哀れなとりもち役はひとり残らず、この世の終りまで、私の名によって呼ばれるがいい――それ、パンダーと。実のある男はひとり残らずトロイラス、不実な女はひとり残らずクレシダ、そしてとりもち役はひとり残らずパンダー、そうなるがいい。

イギリスに限っても、トロイラスとクレシダの物語を作品化した文学者はシェイクスピアが最初ではなかった。そして、シェイクスピアの時代の英語には、パンダラスという人名に由来し、「男女関係をとりもつ者」「女衒《ぜげん》」といった意味をもつ「パンダー」という普通名詞が既に存在していた。この事実が前提になければ、シェイクスピアがパンダラスにこういう台詞を語らせることは決してなかったであろう。

それだけではない。シェイクスピアが想定していた観客は、「パンダー」という単語を知っているのはもちろん、クレシダがやがてトロイラスを裏切り、トロイラスは憤慨するという、物語の結末をも承知していたと考えねばならない。もちろんこの場面では、恋人たちは、自らの恋愛がどんな結末を迎えるかを知らない。いわんやパンダラスは、自分の名に由来する英語の普通名詞が生れることなど知る由もない。一連の台詞は、語り手である人物自身が意識していない意味ないし効果を含んでいるのである。

つまりシェイクスピアは、過去の事件を描きながら、それを後代の観客——事件の当事者たちが知らない結末を知っている者としての観客——の視点を通じて、冷やかに捉えようとしているのである。

パンダラスに促されてトロイラスとクレシダは寝室へ向う。ひとりになったパンダラスは独白めいた台詞を語る——

パンダラスの独白

それからキューピッドが、この場で押黙っておられる娘御ことごとくにお与え下さるよう、ベッドと寝室と、こういう段取りをつけるとりもち役とを。

もちろん「とりもち役」は原文では「パンダー」となっている。この台詞は愛の神キューピッドへの願いを述べた独白という体裁をとってはいるが、観客への直接の語りかけと理解するのが自然であろう。シェイクスピアは登場人物の口を通じて、殊勝に「押黙って」はいても、クレシダのように好色で恋人を裏切りかねない女性観客にいやみを言っているのだ。

裏切り

クレシダがトロイラスと結ばれて間もなく、彼女はトロイラスとの仲を割かれ、ギリシア軍の陣営へ送られることになる。彼女の父親のキャルカスが、ギリシア軍の捕虜となっているトロイの将軍と引換えに娘の身柄をギリシア方へ移すように求め、ギリシア軍がそれを認めたからだ。ギリシア軍に迎えられたクレシダは、トロイラスとの別れを心から惜しんでいるように見えたのに、ギリシアの将軍たちが次々に彼女に歓迎のキスをしようとすると、全く抵抗しない。

やがてトロイラスは、ギリシアの将軍ユリシーズに案内されて、クレシダが彼女の身柄を引取りに来たギリシアの別の将軍ダイオミーディーズと逢引きしている現場を目撃することになる(ギリシア軍とトロイ軍とは敵対しているが、戦場以外の場所では、両軍のそれぞれに属する者の間に交流が生れる場合がある)。クレシダはダイオミーディーズの求愛を簡単に受容れ、トロイラスが心をこめて渡した記念の品をダイオミーディーズに与えてしまう。トロイラスは我とわが目が信じられない。

この事件が起るのは第五幕第二場だが、劇の大詰となる第五幕第十一場で、怒りのおさまらないトロイラスはパンダラスを呪い、なぐる。トロイラスの恋愛が成就するために努力したにもかかわらず、こういう目に遭わされたパンダラスは自分の身の上を歎き、観客に向って、「自分が罹《かか》っている梅毒を形見として皆さんに贈ろう」と言う。これがこの劇の最後の台詞である（この最後の台詞にも「パンダー」という単語が何度も現れる。パンダラスが自分のことをそう呼んでいるとも、「とりもち役」という意味でこの言葉が使われているとも考えられるが、この点は曖昧だ。観客はこの単語を耳で聞くだけだから、それが固有名詞か普通名詞かを確認することはできない）。

戦争と恋愛への皮肉な視線

もちろんパンダラスの台詞はどぎついが、『トロイラスとクレシダ』には、もっとどぎつい台詞を終始語る人物が登場する。悪口雑言をこととするサーサイティーズというギリシア人である。実は、この人物は第五幕第二場にも登場し、他の人物たちには気づかれることなく、すべての様子を観察する。ここでは、クレシダとダイオミーディーズは自分たちの様子をトロイラスとユリシーズが観察していることを知らない。ところが、トロイラスとユリシーズは自分たちの行動がさらにサーサイティーズによって観察されていることを知らない。

サーサイティーズはその場の事件について辛辣な批評を何度か加える。そして他の人物たちが退場した後、「戦争と色の道、その他のものは全くはやらない。みんな、うずく悪魔の梅毒に食われてしまえ」という独白によってこの場を結ぶ。戦争を英雄的な行為と理解することも、恋愛をロマンティックな行為と捉えることも拒否するサーサイティーズの視点は、作者が想定している観客の視点に近いと言えるであろう。

現実の時間、歴史の時間

『トロイラスとクレシダ』という劇には、二種類の時間が流れている。劇中人物の時間と観客の時間、これから起ることをまだ知らない者の時間と、それを既に知っている者の時間である。現実の時間と歴史の時間という言い方をしてもいい。劇中人物にとっては、自分の経験は現実だ。しかし、それを歴史の事件として眺めることができる観客にとっては、劇中人物たちがどんな結末を迎えたかはすべて分っている。たとえばトロイ王の長子ヘクターが、とめる者がいるにもかかわらず出陣し、殺されることは、当人は知らなくても、観客は知っている。この劇はトロイの滅亡そのものを扱ってはいないが、やがてトロイが滅亡することとさえ、観客は知っている。

観客は劇が扱う事件の当事者ではなくて、眼前に再現される歴史の目撃者なのである。しかし観客は、自らの生活においては――現実の世界の存在としては――《当事者》にならざるをえない（ついでながら、トロイ戦争を扱った劇に、梅毒に言及する台詞が現れるのは、もちろん時代錯誤である。シェイクスピアは、同様にトロイ戦争の時代には存在していなかった事物についての台詞を随所で人物に語らせている。こういう時代錯誤的な手法によって、観客は自らが生きている時代をも意識せざるをえなくなる)。

この劇の人物たちの行動を辿る観客は、彼等の認識がどれほど頼りなくて見当違いのものであるかを痛感するが、その観客も、歴史の時間ではなくて現実の時間に支配されて生きる存在としては、頼りなくて見当違いの認識に従うほかないのである。観客が劇中人物に注ぐ冷やかな眼差しは、自分自身にはね返って来るのだ。

『トロイラスとクレシダ』は観客を不快にさせたり不安にさせたりするが、その最大の原因は、実はパンダラスやサーサイティーズの毒のある台詞にあるのではない。トロイラスとクレシダの関係がそれからどうなるのかが示されていないからでもない。この劇が、容易には受容れられない自己認識を観客に迫ることが、不快さや不安さを生むのである。

3 演劇で性欲を扱う――『尺には尺を』の場合

『尺には尺を』(一六〇四年頃初演)は、性欲を理性によって統御することはほとんど不可能であるという、分りきった事実を扱っている。だが、この分りきった事実を受容れるのは愉快なことでも容易なことでもない。人間にとって性とは永遠に厄介で複雑なものなのだ。題材のこういう複雑さに対して、シェイクスピアは、戯曲の構造を複雑にすることによって応えているように思われる。

観察者ヴィンセンシオー

ウィーンの支配者であるヴィンセンシオー公爵は、旅に出ると称してアンジェローという人物に後事を託する。ウィーンでは近年著しく風紀が乱れているが、アンジェローは厳正な男なので、世の中のあり方をただしてくれるだろうと、ヴィンセンシオーは期待しているのである。ただ、彼はある事実をアンジェローから隠している。すなわち、彼は実際には旅に出ず、修道僧に変装してウィーンに留まり、事態の進展を観察しようとする。

『尺には尺を』という劇は、アンジェローを始めとするウィーンの人々がさまざまに行動し、それを修道僧に変装した公爵が観察するという、ふたつの次元において進行することになるのだ。

風紀粛清に乗出したアンジェローは、クローディオーという男を逮捕し、死刑にしようとする。クローディオーは正式に結婚してはいないのに婚約者ジュリエットと肉体関係を結び、彼女を妊娠させてしまった。これはウィーンの法によると死刑に当る罪である。ヴィンセンシオーはこういう法を無視していたが、アンジェローはそれを発動することにしたのだ。クローディオーの妹イザベラはアンジェローに面会し、兄のために命乞いをする。すると清廉な人物と思われていたアンジェローは意外なことを言う。イザベラが彼の要求を容れて肉体を提供するなら、クローディオーの命を助けようというのである。

修道僧のいでたちをした公爵は、監獄を訪れ、囚人を慰めるためにやって来たと述べて典獄を信用させる。そして、イザベラが困り果てていることを知る。彼はイザベラに向って、ある解決策を提示する。実はアンジェローにはマリアナという婚約者がいたが、アンジェローは身勝手な理由によって彼女を捨ててしまった。公爵はこのマリアナをイザベラの身代りに立て、アンジェローが彼女と同衾するようにしようと提案するのである。

マリアナもこの計画に賛同する。そしてアンジェローは相手がイザベラだと思いこんでマリアナを抱く(アンジェローのこの行為は、彼自身の意識においては、結婚するつもりのない女と肉体関係を結ぶことなのだから、彼が死刑にしようとしているクローディオーが婚約者相手にしたこと以上に違法性の高いものだと考えられる。もちろん事実としては、アンジェローの相手はかつての婚約者なのだが、それでもこの行為の適法性については非常に疑問がある。しかし、この興味ある問題に立入る余裕はない）。

《ベッド・トリック》の必然性

ある女と同衾するのだと当人に思わせて、別の女をあてがうというやり方を、《ベッド・トリック》という言葉で呼ぶことがある。『尺には尺を』の読者や観客の中には、何もベッド・トリックなどという手間のかかる手段を講じなくても、簡単な解決策があるではないか、公爵が変装を捨てて正体をあらわし、アンジェローの行動に介入したら、クローディオーは死の恐怖から一挙に解放され、イザベラが悩む必要もなくなるのではないかと、思うひとがいるに違いない。

もちろん、その通りである。ただ、この段階で公爵が正体をあらわしたら、そこで劇は終ってしまう。それは具合が悪い。しかし、公爵の行動についてある不自然さが感じられることは否定できないだろう。そのことを意識していたせいかどうかはともかくとして、シェイクスピアは、もっと後の場面（第五幕第一場）で、公爵に、「なぜもっと早く手を打たなかったのか、イザベラは不審に思うであろうが、私は慌てなくても大丈夫だと考えていたのだ」という趣旨の台詞を語らせている。つまりシェイクスピアは、自分の読みは誤っていたことを、公爵自身に認めさせているのである。

状況を統御できない公爵

公爵の読みが間違っていたことが表沙汰になるのは、この場合だけではない。計画通りアンジェローをマリアナと(厳密に言えば、アンジェローがイザベラだと思いこんでいるマリアナと)同衾させた後、またもや監獄を訪れた彼はクローディオーの死刑は取消されるに違いないと確信している(第四幕第二場)。しかし、アンジェローから典獄のもとへ届いたのは、クローディオーの処刑を催促する文書だった。イザベラが肉体を提供したらクローディオーを殺しはしないとアンジェローは約束したが、彼はこのいかがわしい約束を守らなかったのだ。

ヴィンセンシオー公爵はアンジェローの行動を支配できると思いこんでいたが、それは全くの誤算だった。その上アンジェローは、クローディオーが本当に処刑されたことが確認できるように、彼の首をある時刻までに届けることをも求めている。公爵は何とかして窮地を切り抜けようとするが、彼の打開策は不発に終る。

結局、たまたま病気で死んだある囚人がクローディオーに似ていたから、この男の首をアンジェローに届けようと典獄が提案し、公爵は喜んでそれを受容れる(公爵自身が打開策を考案するのではない。彼は別人の提案を受容れるだけなのだ)。

公爵は状況を完全に統御している気でいるように見えるが——それどころか、この劇の公爵は実際に状況を完全に統御していると考えている批評家も決して少なくないのだが――冷静に戯曲を読むなら、シェイクスピアが劇の状況を公爵の手にあまるものとして提示していることには疑問の余地がない。そう判断せざるをえないのは、公爵が統御しようとしているのは実は性的状況であり、ひいては性欲そのものであるからだ。人間には性欲を完全に統御することなどできるわけがない。

修道僧の二面性

ヴィンセンシオー公爵は修道僧に変装する。アンジェローに嘘をついてウィーンに留まり、状況を支配しようとするのだから、自分の正体を隠そうとするのは分る。しかし、彼はなぜよりによって修道僧というすがたを選ぶのだろうか。

考えてみると、修道僧というものは根元的に二面性をもった存在である。それは現実から――特に性から――離脱していなければならない。修道僧は女性と肉体関係を結ぶことを許されてはいないのだ。他方、僧はたとえば世俗の人々の告白を聞くといったかたちで、人間の最も個人的で内密な行動――とりわけ性行動――に深く関わり合うことができる。自分自身としてそういう行動を実践することはできないが、他人のそういう行動は、大抵の人間には考えられないほどつぶさに観察するのである。

これは、端的に言うなら窃視者のあり方だ。『尺には尺を』の公爵のあり方は、まさにそういうものだ。公爵のこういうあり方が何の破綻も来さないのなら、『尺には尺を』という劇は根底から崩れ去るであろう。と言うより、シェイクスピアは最初からこういう劇を構想しなかったのではないだろうか。

劇の最後の場面(第五幕第一場)で、公爵はすべてを解決しようとする。そうするためには、彼は修道僧という変装を捨て、正体を明かさねばならないのだが、まことに興味深いことに、彼は頃合を見計らった上で自ら進んで変装を捨てるのではない。たまたまある男が彼の頭巾を剝ぎ取った結果、その人物が公爵であったことが明らかになるのである。

すべてを欺き、観察する

こうして、もはや自分の正体を隠していることができなくなった公爵は、その場の混乱を収めざるをえなくなる。彼は面目を失したアンジェローを赦し、マリアナと結婚させる。また、死刑を免れたクローディオーをジュリエットと結婚させる。そして、まるでついでにそうするかのように、イザベラに求婚する。だが、イザベラは返事をしない。

多くの批評家は、何も言わなくても、イザベラは公爵の求婚を受容れるのだ、表情なり身ぶりなりによって、そういう意志を表現したら、それで充分だと考えているようだ。しかし、ことはそれほど単純なのであろうか。

公爵は、自分ができないことを二度もアンジェローにやらせた。まず彼は、風紀取締りをアンジェローに託し、為政者としてのアンジェローの行動を観察しようとした。次に、事前に予想していたわけではないが、アンジェローが性欲に駆られて行動しようとした時、イザベラの貞操を守るために、マリアナを彼と同衾させた。後者の処置においては、イザベラは公爵の共犯になる。

もちろん、この間、イザベラは自分が接している人物はほんものの修道僧なのだと信じていた。最後の場面になって初めて、彼女はこの男が実はウィーンの支配者であったことを知るのである。別の言い方をすると、公爵はアンジェローたちばかりかイザベラをも欺き、彼等すべてを観察していたのである。

曖昧な結果の意味

イザベラへの求婚は、公爵にとっては、現実を離脱していた人間が現実へ復帰しようとすることを――もっと具体的に言うなら、性的人間としての自らのあり方を否定していた者が、そういうあり方を受容れようとすることを――意味していると言えるだろう。しかし、イザベラが公爵のこの行動を抵抗感なく受容れられるかどうかは、自ずと別問題である。

シェイクスピアが彼女に何の台詞も語らせていない以上、劇の結末は曖昧なのだと理解すべきである。上演の場合、イザベラ役の女優に求婚を受容れることを表情なり身ぶりなりによって表現させたら、観客は安心するに違いないが、作者の意図を尊重するなら、そういう安易な演じ方は許されないであろう。この劇の根底にあるのは、人間にとって性欲というものを安易に受容れることがいかに困難であるかという認識に他ならないからだ。

4　『終りよければすべてよし』は観客を挑発する

『終りよければすべてよし』(一六〇六年頃初演)では、『尺には尺を』の場合以上にベッド・トリックという手法が重要な役割を果している。『尺には尺を』のイザベラは、自分の身を守るためにマリアナを身代りに立てる。だが『終りよければすべてよし』の女主人公ヘレナは、自分が関係を結びたいと考えている男と同衾するために、その男が言い寄っている女をおとりとして用い、目的を達する。普通に考えたら、これは極めて不道徳な行為である。ただ、ヘレナが狙っているバートラムは彼女の夫だ。妻との同衾を拒む夫と肉体関係を結ぶために、ヘレナはベッド・トリックという手段に訴えるのである。

夫の無理難題に

ヘレナは高名な医師の娘だったが、両親が死んでしまったので、ある公爵夫人の庇護を受けて暮している。彼女は夫人の息子バートラムを秘かに慕っているのだが、彼はフランス王に仕えるためにパリへ行ってしまう。王はたまたま難病に罹っている。

幸いヘレナは生前の父から教わった治療法を知っていた。彼女は王に面会し、治療が成功したら、臣下の中で自分が望む男と結婚させてくれと頼む。王には彼女が何を考えているかを知る由もないが、もちろん彼女はバートラムを夫とするために、王を相手に一種の取引をするのである。治療は成功し、彼女は望む男としてバートラムを指名する。

バートラムは驚き、自分よりもはるかに身分が低い女と結婚することを拒否する。王に強いられて、彼はやむなく彼女と挙式するが、同衾は拒む。そして、イタリアへ向う。その後になって、ヘレナは夫が残した手紙を読む。それには、「私が決して外さない指輪を手に入れ、私を父として生れた子供を私に見せることができたら、私を夫と呼ぶがいい」といったことが記してある。

誰が考えても、バートラムが出したふたつの条件を実現させるのは不可能である。しかしこの段階で、観客の心中には、ヘレナは不可能としか見えないことを何とかして実現させるのではないかという期待感が生じる。そして、ヘレナは夫の無理難題にみごとに応え、観客の期待感は充足される。その時に観客が味わう快感が充分に大きなものになるためには、前提となる条件が充分に困難なものでなければならない。シェイクスピアはバートラムに無理な要求をさせることによって、観客の興味をつなぎとめ、今後の劇の進行を容易にしているのである。

ヘレナのベッド・トリック

ヘレナは巡礼のすがたでバートラムの後を追い、フローレンスまでやって来る。そして夫がその土地のさる未亡人の娘であるダイアナを見初め、彼女に執拗に言い寄っていることを知る。ヘレナは未亡人に接近し、大金を払って自分の計画に協力することを約束させる。彼女はかつて自分の本心を明かすことなくフランス王相手に取引をしたが、今度も、詳しいことは伏せたままで、未亡人とダイアナを買収し、自分の狙いを実現させせようとするのである。

ヘレナの指示を受けたダイアナは、バートラムがはめている指輪をしつこく求め、とうとう彼にそれを外させる(もちろんダイアナは指輪をヘレナに渡すことになっている)。そして、バートラムに身を任せることを約束する。ダイアナがヘレナに操られていることを知らないバートラムは、ダイアナではなくてヘレナと関係を結ぶことになるのである。

『尺には尺を』のアンジェローは、かつての婚約者マリアナと一夜をともにする。ウィーンの法によれば、これは許されない行為である。たとえ世俗的な法がこういう行為について何も定めていなくても、結婚していない男女の肉体関係を禁ずる教会の立場からすれば、これが罪であることは明らかだ。

『終りよければすべてよし』のバートラムが抱くのは正式に結婚した妻である。教会も世俗的な権威も、それを罪とすることはできない。しかし、バートラム自身の意識においては、彼はダイアナを抱くのであり、従ってそれは不貞行為に他ならない。それに、性行為の是非はただひとつの基準によって判断できるものではない。当の男女が夫婦という制度的保証を得てさえいれば、あらゆる性行為は正当化できるというものではあるまい。暗闇の中では相手が誰かは分らないかも知れないが、バートラムが享受する筈の肉体的・心理的快楽は、ほとんど夫婦という制度を愚弄しているように見える。

ヘレナは観客の共感を得られるか

さてヘレナは、自分が死んだという話をひろめる。バートラムはそれを信じ、故郷へ帰って別の貴族の娘と再婚しようとする。その時、死んだと思われていたヘレナが現れる。そしてバートラムが提示した条件が実行されたことを告げる。バートラムはヘレナを愛することをあらためて誓う。終りよければすべてよし、というわけである。

ヘレナは『尺には尺を』のヴィンセンシオー公爵と違って、自分がおかれている状況を完全に統御しており、どれほどの難局に遭遇しても、必ずそれを切り抜ける。自分よりずっと身分が高いバートラムを夫にすることなど考えられない筈であったのに、彼女は王の病気を利用して結婚を実現させてしまった。夫が難題を残して姿を消すと、身分を隠して彼を追い、彼が犯そうとしている不貞行為を逆に利用して、夫が出した条件をみたしてしまった。

この経緯において、観客にはすべての事情が分っている。観客は終始ヘレナと視点を共有しているのである。だが、観客の状況認識とヘレナの状況認識が一致していることは、観客がヘレナに全面的に共感することを必ずしも意味しない。観客が劇の登場人物に共感するためには、その人物のあり方や行動が観客の道徳意識や美意識に反していないことも必要なのである。たとえば『オセロー』のイアーゴーや『リチャード三世』のリチャードは、かなりの程度まで観客と状況認識を共有しているが、彼等は極悪人であり、観客が素直に彼等に共感することはとてもできない。それなら、観客は彼等に反撥するだけなのかというと、そうとも言い切れない。彼等は確かに悪人だが、悪人であるがゆえにもっているある種の魅力は観客を惹きつけずにはおかない。

『終りよければすべてよし』のヘレナは、彼等のような悪人ではない。彼女は法にふれることも教会が許さないこともしてはいない。しかし、フランス王と取引をしたり、フローレンスの未亡人とその娘を買収したりするやり方に対して、いくらか抵抗感を抱く観客がいないとは言えないだろう。

かりにこれらの行為に目をつぶっても、彼女が夫をだまして同衾を果すという行為を無条件に受容れるのは非常に困難なことであるに違いない。この行為を正当化する根拠があるとすれば、それは、二人が夫婦であるという事実だけなのである。ヘレナが制度的保証を唯一のよりどころにして強引にことを運ぶのは、観客の美意識に逆らうことになるのではないだろうか。

劇の根底にある性欲

観客がヘレナのおそろしく積極的な行動に対して——そして、この劇に対して——何となく抵抗感を抱くとすれば、それはおそらく、彼女を駆り立てているものが、また、この劇の根底にあるものが、性欲ないし性衝動であることに、うすうす気づいているからであろう。

ヘレナとバートラムをめぐる物語以外にも、この劇にはいくつかの挿話や事件が含まれているが、それらを通じて誰もが強く感じるのは、この劇はまことに性的なものなのだということである。性についての卑猥で露骨な台詞が、この劇には頻出する。ヘレナが生きているのは、そういう言葉が行き交う世界なのだ。

第一幕第一場で、ヘレナはバートラムに対する思いを述べる独白を語るが、たとえば、いわゆるバルコニーの場でジュリエットがロミオへの思いを語る独白と比べてみたら、語り手の姿勢の違いは明らかすぎるほど明らかだ。ジュリエットは、ロミオが仇敵の家の息子であることにこだわり、彼の名前についてあれこれと語る。こういう観念的なことしか言わない彼女は、まるで肉体をもった存在としてのロミオを意識してはいないかのようだ。

これに対してヘレナは、自分とバートラムとの間の身分の違いについても語るが――つまり、自分たちが結ばれることについての障害を意識しているという意味では、彼女はジュリエットに似ているのだが――同時に、彼女はバートラムの容貌の魅力を事細かに描写する。もちろん、ジュリエットがロミオにその晩初めて逢ったのに対して、ヘレナは毎日のようにバートラムの顔を見ていたという違いはあるが、重要なのは、ヘレナは明らかにバートラムを肉体的存在として意識しているという事実である。

挑発するシェイクスピア

バートラムはヘレナによって徹底的に翻弄される。ヘレナは強引ともはしたないとも言われかねない手を次々に繰り出して、自分の思いを遂げる。彼女を動かしているのが性欲であることは、先入観や偏見をもたずにこの戯曲を読んだら、誰にも否定できないであろう。

シェイクスピアの時代の観客にとって、女性もまた性欲をもっているという事実は受容れ難かったかも知れない。『終りよければすべてよし』のシェイクスピアは、正面切ってではないにしても、この事実を認めようとしている（この劇の物語はシェイクスピアの純然たる創作ではない。シェイクスピアはボカッチョの『デカメロン』の挿話のひとつを利用している。しかし、その挿話を利用するかどうか、また、それをどのように利用するかは、シェイクスピアが自由に決めることができたのだから、やはりこの劇は、本質においてシェイクスピアの創意が生み出した作品なのである）。

もしもこの劇が観客を落着かなくさせるとすれば、それは、人間には性欲を単純に割切ることなどできないからだ。『終りよければすべてよし』や『尺には尺を』を書いたシェイクスピアは、観客を楽しませることよりも、むしろ観客を挑発することを狙っていたように感じられる。

第五章　超自然的な存在はどんな役割を演じるか

1 『真夏の夜の夢』の妖精は全知全能ではない

『真夏の夜の夢』(一五九五〜九六年頃初演)の重要な特徴は、普通の人間と妖精の両方が登場する点にある。シェイクスピアの時代の観客が、妖精というものが実際に存在すると考えていたかどうかは、簡単には決められないし、決める必要もない。しかし、この世界には人間がもち合せてはいない能力をそなえた者がいることなら、おそらくほとんどのひとが信じていたに違いない。妖精とは、そういう者の存在を身近に感じることができるように、便宜的に用いられた呼び名なのだと理解すれば、それで充分であろう。

からまり合う物語

『真夏の夜の夢』の筋は、複数の物語がからまり合うことによって成り立っているが、物語のひとつは、アセンズ(アテーナイ)の四人の若い男女の恋のもつれを扱っている。すなわち、ハーミアという名門の娘がライサンダーという若者と愛し合っている。しかし彼女の父親は、娘がディミートリアスという別の若者と結婚することを望んでいる。父親の意向に逆らったら、ハーミアは厳しい罰を受けねばならない。

思いあまった彼女は、ライサンダーと駆落ちすることを決意する。そして彼女は、親友のヘレナにそのことを明かす。ヘレナは実はディミートリアスを慕っていた。そこで彼女は、彼の歓心を買うために、ハーミアたちの計画を彼に知らせてしまう。逆上したディミートリアスはハーミアの後を追う。ヘレナもまた彼の後を追う。

魔術の効用

こうして四人は、日が暮れるとともにアセンズ近郊の森へやって来る。夜の森は妖精が支配する場所だ。妖精の王オーベロンは、ヘレナがディミートリアスによってすげなくあしらわれるのを見て可哀そうに思い、あることを思いつく。彼は自分に従うパックという妖精に、ある花を用意させていた。この花の汁には一種の魔力があり、眠っている者のまぶたにそれを塗ると、塗られた方は、目覚めた時に最初に目に入った相手を愛するようになるのである。オーベロンはパックに、アセンズの服装をした若者のまぶたに花の汁を塗るように命じる。

だがパックは、ディミートリアスではなくてライサンダーに花の汁を塗ってしまった。目覚めたライサンダーはまずヘレナを目にし、彼女に求愛する。自分の誤りに気づいたパックは、ディミートリアスにも花の汁を塗る。目覚めたディミートリアスが最初に見たのは、やはりヘレナだった。こうして、もとはハーミアを愛していた二人の若者が揃ってヘレナを愛するようになる。

結局パックは、花の汁の効力を消す別の汁を眠っているライサンダーのまぶたに塗る。目覚めたライサンダーはハーミアを愛する状態に戻っている。だがディミートリアスの方は魔術にかけられたままだから、依然としてヘレナを愛している。こうして、ライサンダーとハーミア、ディミートリアスとヘレナが、めでたく結ばれるという幸福な結末がもたらされる。

ディミートリアスは、人間には測り知れない何者かの力が自分を動かしたことを、おぼろげに感じている。だが、その何者かは妖精であり、その妖精が彼を魔術にかけたことまでは、彼自身には分らない。もちろん観客にはすべての事情が分っている。すべての事情を知っている観客にとって何とも皮肉に感じられるのは、ディミートリアスが、自らの主体的な意志に基づいてハーミアを愛していたかつてのあり方をいわば病気として捉え、実際には魔術にかけられてヘレナを愛している現在のあり方を健康な状態として認識しているという事実である。

妖精も全知全能ではない

妖精は人間がもち合せてはいない能力をそなえているから、人間を支配することができる。しかし、『真夏の夜の夢』に登場する妖精は決して全知全能の存在ではない。現にパックは、オーベロンが想定していたのとは別の若者に花の汁を塗った。オーベロンはパックの失策を咎めるが、もしも彼が、自分が目撃した者とは別の

「アセンズの服装をした若者」が、やはり森に来ていることを知っていたら、パックに対してもっと厳密な指示を与えていたに違いない。オーベロンにもすべてが分っていたわけではないのだ。

超自然的な存在といえどもぶざまな行動を見せることがあるという事実は、主として妖精たちを扱うもうひとつの物語では、もっと明瞭なかたちで示される(「主として妖精たちを扱う」という言い方をしたのは、この物語においては、恋人たちの物語の場合と違って、妖精と人間が直接に関わり合い、しかも人間が妖精の存在を知覚した上で行動することがあるからだ)。

妖精の王オーベロンにはティターニアという妃がいるが、この夫妻の間柄は険悪な状態になっている。ティターニアはインド人の少年を身辺に侍らせて可愛がっているが、オーベロンはこの少年を自分の小姓にしたくてたまらない。もちろんティターニアは夫の要求を拒否する。

そこでオーベロンはティターニアを魔術にかけて、自分の意のままに操ろうとする。彼がパックに命じて例の花を取りに行かせたのは、その汁を眠っているティターニアのまぶたに塗るためであった。オーベロンの企ては予想以上の大成功を収め、ティターニアは一種の化け物に恋焦れるようになる。

だまされる妖精の女王

『真夏の夜の夢』という劇は、アセンズの領主シーシュースと、彼と婚約しているアマゾンの女王ヒポリタとが、挙式を数日後に控えている時に始まり、彼等が(そして、やはり結婚した二組の若者が)初夜を迎えようとするところで終る。この劇の第三の物語は、領主の結婚を祝って素人芝居を上演しようとしているアセンズの職人たちを扱っている。職人たちは森の中で芝居の稽古をするのだが、その様子を見ていたパックがいたずらを思いつき、ボトムという職人をろばに変えてしまう(実際の上演では、ボトム役の俳優がろばの頭をかぶるというやり方によって、彼の変身が表現されることが多い)。魔力のある花の汁を塗られた妖精の女王ティターニアが、目覚めて最初に目にするのは、ろばの姿になったボトムなのである。ティターニアは彼を熱愛し、一夜をともにする。

夜が明け、オーベロンからすべてを知らされたティターニアは彼と和解する(オーベロンは既にインド人の少年を自分のものにしている)。やがてボトムも目覚める。彼は、ディミートリアスなどと違って、自分が一夜のうちに体験したことをある程度正確に記憶している(劇には、ボトムがティターニアや彼女に従う妖精たちと交す対話も、たくさん含まれている)。しかし、彼の経験のいちばん重要な部分はあまりに想像を絶するものなので、彼にはとても信じることができない。彼は、自分は途方もない夢を見たに違いないと述べる。夢だと考えたら納得が行くのである。

他方、ティターニアは妖精ではあるが、オーベロンに魔術をかけられてはしたない振舞いをするという意味では、恋人たちの物語におけるライサンダーやディミートリアスに似ている。妖精といえども、だまされることがあるのだ。

現実は虚構かも知れない

劇の《登場人物》の中で状況をほぼ完全に認識しているのは、オーベロンとパックである。彼等は他の人物よりも優位に立っている。もちろん観客にもすべての事情が分っている。観客はいわばオーベロンやパックと視点を共有しつつ――と言うより、時にはオーベロンやパックよりもさらに優位に立って――劇の進行を見守るのである。

だが観客の優位は、職人たちによる素人芝居が演じられる大詰の場面で、崩れ去る。素人芝居は戯曲全体においては劇中劇になるが、この劇中劇の観客は、シーシュースやヒポリタ、そして結婚したばかりの若い恋人たち(妖精によって翻弄された若い恋人たち)である(芝居の内容については第一章第1節でふれた)。恋人たちは、下手な素人が悲惨な内容の劇をドタバタ喜劇にしてしまうのを見て大笑いするが、自分自身が笑われる存在であることを自覚してはいない。彼等を笑いの対象とするのは、もちろん、『真夏の夜の夢』そのものの観客である。劇中劇とその観客である劇中人物たちとの関係は、『真夏の夜の夢』全体とその観客である現実の人間との関係に照応している。

このことに気づいた時、人間である観客はある奇妙な思いにかられるのではないだろうか。つまり、人間にとっては自らの生活は現実そのものであって劇ではない。この生活において、人間は主体的な意志に基づいて行動している。だが、これは錯覚ではないのか。『真夏の夜の夢』の若い恋人たちが、妖精という他者によって操られながら、そのことに気づかないように、我々も、自覚してはいなくても、他者によって操られ、他者によって笑いの対象とされているのではないか。

劇中劇という手法は、現実が虚構であるかも知れないこと、人間の主体性は幻想にすぎないかも知れないことに、我々が思いを致すように仕向けるのだ。

人間の認識を問う劇

『真夏の夜の夢』という劇は、妖精が登場したりするから、お伽噺めいた素材を扱っているように見えるかも知れないが、決してそうではない。この劇の根底にあるのは、人間による認識と超自然的存在による認識の関係とはどんなものなのか、そもそも人間には現実を正しく認識することはできるのかという、おそろしく観念的な問題なのである。

大詰の劇中劇は、アセンズの宮廷の観客だけでなく、我々自身をも笑わせるが、同時にそれは、我々が誰かに笑われているかも知れないことを悟らせ、我々を慄然とさせるのである。

２「語り手」という名の登場人物——『ペリクリーズ』の場合

『ペリクリーズ』(一六〇八年頃初演)は、筋を追う限りでは、構成に緊密さが欠けている散漫な作品だと感じられるに違いない。この劇は、基本的には、主人公が運命に翻弄されながら地中海沿岸のいくつもの場所を遍歴する物語を辿っているだけだからである。

別れと再会の物語

タイアの領主ペリクリーズは、アンティオックの王アンタイオカスが実の娘と近親相姦の関係にあることを知ったため、王から命を狙われるようになる。一度はタイアへ戻ったペリクリーズは、身の危険を感じ、ヘリケイナスという貴族に後事を託してターサスへ向う。ターサスは飢饉に悩んでいたが、ペリクリーズは食糧を提供して、太守クリーオンとその妻ダイオナイザに感謝される。

だが、なお自分の命が狙われていることを知ったペリクリーズはターサスをも離れる。ところが、乗った船が嵐で難破し、彼はペンタポリスに漂着する。そして、その地の王サイモニディーズの知遇を得、やがて王の娘セイーサ(「タイーサ」という発音もある)と結婚する。

やがて、自分がタイアへ戻るように求められていることを知ったペリクリーズは、妻とともにタイアへ向うが、またもや船が嵐に遭う。セイーサは船上で娘を産み、死ぬ。彼女の遺体を納めた棺は海へ捨てられ、エフェサスに流れ着く。しかし、彼女は実は死んではいなかった。セイーサは名医の手によって蘇生する。夫が死んだと思った彼女は、女神ダイアナの神殿に仕えるようになる。他方ペリクリーズは再びターサスに立ち寄り、生れたばかりの娘マリーナをクリーオンとダイオナイザに預けて養育を頼む。

マリーナは成長して立派な娘になるが、彼女と比べると自分の娘が見栄えがしないことを不快に思ったダイオナイザは、彼女を殺させようとする。ところが、その前にマリーナは海賊に捕えられ、ミティリーニの売春宿へ売られる。だが徳高い彼女は操を守りぬくばかりか、客たちの所業を戒め、彼等を恥じ入らせる。ミティリーニの太守ライシマカスは彼女の人となりに感銘を受け、彼女を愛するようになる。

タイアにいたペリクリーズはマリーナを引取るためにターサスへやって来たが、クリーオンたちからマリーナは死んだと聞かされる。彼はタイアへ戻ろうとするが、風向きのせいで船はミティリーニに着く。そしてライシマカスによって彼はひとりの娘に引き合わされ、それがマリーナであることを知る。

ペリクリーズの夢の中に女神ダイアナが現れ、エフェサスへ赴くように告げる。女神の命令に従ってエフェサスへ赴いたペリクリーズは、死んだと思っていた妻に再会する。ライシマカスとマリーナは結婚してタイアを治めることになる。そしてペリクリーズはセイーサとともに、サイモニディーズが死んで王を失ったペンタポリスを治めることにする。

主体性を欠く主人公

ペリクリーズの行動は、彼自身の意志によって決められることもないではないが、劇の進行にとってもっと重要な働きをするのは、嵐だの風向きだのといった外的で偶発的な自然現象である。劇の最初の部分では、彼はアンタイオカス王が差し向けた暗殺者から逃げまわる。これは確かに彼が自ら選択した行動ではあるが、あまり積極的な行動とは言えないであろう。彼は状況を支配しようとするより状況に左右されるのであって、通常の劇の主人公にとって必要な主体性、自発性を欠いているのだ。

その上、死んだと見えたのに実は仮死状態だったセイーサが、棺に納められて海上を漂い、やがて陸地に打ち上げられて蘇生するに至るといった、現実にはほとんど考えられない事件も、この劇には含まれている。

いちばん問題なのは、ある事件が、それに先立つ事件の必然的な帰結として提示されてはいない場合があまりに多いことだ。たとえば『真夏の夜の夢』や『マクベス』や『十二夜』のように、事件と事件との間に抜き差しならぬ関係がある戯曲と比べると、『ペリクリーズ』は、ばらばらの事件をそれが起る順序に従って羅列しただけの作品で、有機的な統一をほとんどもってはいないという印象を与える。

それなら『ペリクリーズ』には統一感が全く欠けているのかというと、実は決してそうではない。シェイクスピアは、ある手法を用いることによって、この作品が強い統一感をもつようにしている。その手法とは、コーラス（説明役。第一章第1節参照）の使用である。この作品には、ガワーという名のコーラスが登場するが、ジョン・ガワー（一三三〇頃－一四〇八）とは実在の詩人なのである。

ガワーという名のコーラス

コーラスが登場するシェイクスピア劇は他にもいくつもあるが、『ペリクリーズ』のガワーのように実在の歴史的人物がコーラスになるのは、この作品だけである。もちろんこれには理由がある。ガワーは『恋人の告白』という長篇詩の作者で、『ペリクリーズ』はこの詩の一部を材源として用いているからだ。

だが『ペリクリーズ』のコーラスの独自性は、この点に留まらない。シェイクスピアの劇でコーラスが頻繁に登場するものといえば『ヘンリー五世』だ。『ヘンリー五世』のコーラスは、五つの幕の前と劇の最後に、つまり合計六度登場する。『ペリクリーズ』のガワーも同じように六度登場するが、それだけでなく、このコーラスはある幕の途中にも——第四幕第四場や第五幕第二場(これは劇本体の最後の場面だ)にも——登場する。その上、第二幕冒頭、第三幕冒頭、そして第四幕第四場では、黙劇が演じられ、ガワーは黙劇が伝えようとしていることを言葉で説明する。

黙劇において劇中人物を演じるのは、劇の本体において劇中人物を演じるのと同じ俳優だから、黙劇という手法は、観客に、目の前で演じられているものが劇以外の何ものでもないことを強く意識させるに違いない。黙劇とは《仕掛けの露呈》をもたらす手法なのだ。

黙劇が提示するのは、舞台で演じられない事件である場合が多い。つまりこれは一般に物語の進行を効率的に行うために用いられるのである。しかし『ペリクリーズ』の場合、黙劇に伴う語りにおいて、コーラスがこれから起る事件を予告してしまうことも時にはある。たとえば、第三幕に先立つ語りで、コーラスは、嵐に遭った船の上でセイーサが陣痛に苦しむことをあらかじめ観客に告げる。こうすれば、観客は今後の展開について当の人物がもってはいない情報を獲得するから、劇の進行をいくらか距離をおいて見守るようになる。

『ヘンリー五世』のコーラス(第一章第5節参照)が語る台詞も、そういう効果を生むことがあった。だが、『ヘンリー五世』のコーラスと『ペリクリーズ』のコーラスとの間には重要な違いがある。前者は名前をもたない人物で、劇の事件をいわば部外者として予告したり解説したりするだけだが、後者はガワーという実在の詩人だ。もちろん『ペリクリーズ』という戯曲はシェイクスピアが創作したものではあるのだが、観客は、この戯曲はガワーが創作したもので、作者自身が上演に立ち会って解説を加えているかのように錯覚することがあるのではないだろうか。シェイクスピアは観客がそういう錯覚を抱くことを期待していたに違いない。

コーラスの台詞の工夫

なぜならシェイクスピアは、『ペリクリーズ』のコーラスの部分と劇の本体の部分とで、台詞の文体を使い分けているからだ。コーラスの部分は原則として一行が八音節あって、二行ずつ韻を踏む場合が多い。これに対して劇の本体の部分は、一行が十音節で脚韻をもたないのが原則だ。つまり、シェイクスピア劇の基本的形式である、ブランク・ヴァース(無韻詩)と呼ばれる韻文で書かれているのである。

また、コーラスの台詞では、劇の本体の台詞よりも古い語彙や語法が用いられていることがある。要するに、シェイクスピアはコーラスの台詞をガワーの模作として書いたのだ。日本語訳にすると、両者の違いは目立たなくなるが、英語が理解できる観客なら、両者の間にある聴覚的な差異は明瞭に感じ取れる。つまり、劇の本体は、それとはかなり異った響きをもつ枠によって包みこまれているのだ。

こういう工夫を凝らすことによって、シェイクスピアは、物語の内容だけではなくて、それが成立する過程にも、観客の注意を惹こうとしている。別の言い方をするなら、シェイクスピアは、まず物語をガワーの想像力を通じて作品化し、その結果をさらに自分自身の想像力を通じて作品化しているのである。

リアリズムを超えて

コーラスは何度も何度も観客が想像力を働かせることを求めるが、これは一種の開き直りである。なぜなら、観客が想像力を働かせねばならないということは、この劇が、リアリズムの認識によっては受容れ難い要素を含んでいるという事実を認めることになるからだ。

こういう複雑な手続きを経て物語が提示されると、観客は、どんな事件が起っても、それを抵抗感なく受容れてしまう。死んだと思われたセイーサが蘇生するのも、女神ダイアナがペリクリーズの夢枕に立つのも、実際に起りうることとして、観客は捉える。そして、不可思議に見える一連の事件の背後に、人間の認識を超えたものの存在を感じ取るようになる（事実、たとえば第二幕に先立つコーラスは、「運命は悪いことをするのがいやになったので、ペリクリーズを陸地に漂着させた」という意味のことを語る)。

運命の意志は人間には測り知れないものなのだから、どんなことが起っても不思議はないが、同様に、文藝作品の作者の意志も測り知れないから、どんなことが描かれても、それは許されるのだ――もしも敢えてシェイクスピアの主張を要約するなら、こういうものになるであろう。

劇をコーラスの支配下に

『ヘンリー五世』のコーラスは、劇を締めくくるエピローグで、劇が終った後に起ったことを述べた。すなわちコーラスは、ヘンリー五世が手に入れたフランスを次のヘンリー六世は失ったと述べた(第一章第5節参照)。『ペリクリーズ』のガワーも、よく似たことをする。しかし、両者の間には、やはり決定的な違いがある。ガワーは、「邪悪なクリーオンとダイオナイザは、彼等の所業を憤った市民によって、宮殿もろとも焼かれた」と言うのだ。ヘンリー六世がフランスを失ったという事件は、『ヘンリー五世』が扱っている事件の直接の帰結ではない。だが、クリーオンとダイオナイザの焼死は、劇の中で詳細に描かれている事件の帰結に他ならない。この夫妻の人生は、劇の本体ではなくて、エピローグに至ってようやく完結する。

『ペリクリーズ』とは、コーラスに強大な力を与え、劇の本体を完全にコーラスの支配下におくという強引な手法によって統一感を生み出した作品なのだ。結局のところ、この作品において何よりも印象的なのは、失敗作になりかねなかった作品を成功作に転じた作者の技量なのかも知れない。

3 『シンベリーン』と予言する神

『ペリクリーズ』の大詰近くに、主人公ペリクリーズの夢に女神ダイアナが現れ、エフェサスへ行くように告げる場面がある。観客はペリクリーズの妻セイーサがエフェサスにあるダイアナの神殿に仕えていることを既に知っているから、主人公夫妻の再会が近いことを悟る。『シンベリーン』(一六一一年頃初演)でもよく似た手法が用いられている。すなわち大詰近くに、重要な登場人物のひとりであるポステュマスの夢にジュピター神が現れ、彼は今は逆境にあるが彼の将来は安泰であり、離れ離れになっている妻とも再会するであろうという趣旨のことを述べる。こうして観客は、劇の結末を事前に知るのである。

捏造された「妻の不貞」

人格高潔だが貧しいポステュマスは、ブリテン王シンベリーンの娘イノジェンと愛し合い、結婚する(この女性の名は「イモジェン」と記されるのが普通だが、これは誤記に基づくとする説が有力で、近年の版では「イノジェン」となっていることが多い。本書ではそれに従う）。娘の所業を怒った王は、ポステュマスを追放する。

ローマへやって来た彼はイアキモーという男と知り合い、ある賭けをする。妻が操正しい女であることを確信しているポステュマスは、彼女が自分を裏切ることは決してないと断言するのだが、イアキモーは、それは分らないから自分に試させてくれと言うのだ。

ポステュマスの紹介状を携えてイノジェンを訪ねたイアキモーは、彼女が夫の言う通りの女であることを知り、卑劣な手段に訴える。すなわち、貴重品を納めた箱を預かってくれるように彼女に頼み、その箱を彼女の寝室へ運びこませる。箱の中に潜んでいた彼は、夜が更けると姿をあらわし、寝室の模様を細かく書き留める。さらに彼はイノジェンの腕輪を外し、彼女の左の乳房にほくろがあることを見て取る。戻って来たイアキモーから話を聞き、腕輪を見せられたポステュマスは、妻が不貞行為を働いたと思いこんでしまう。復讐を誓った彼は妻に手紙を出し、ウェイルズのとある場所へ誘い出す。

神の予言による大団円

ポステュマスの召使ピザーニオーは、イノジェンを殺害せよという命令を受けていたが、主人が言うようにイノジェンが不貞な女だと信じることがどうしてもできないので、イノジェンに事情を明かし、彼女を逃れさせる。イノジェンは男装して森の中をさまようちに、ある洞窟に住む二人の若者と一人の老人と知り合う。二人の若者は実はシンベリーン王の息子たち(つまり、イノジェンの兄たち)なのだが、もちろん当事者たちはそういう事実を知らない。老人はかつてはシンベリーンの臣下だったが、王から不当なあしらいを受けたのを憤り、幼い二人の王子を誘拐して、この地で二人を自分の子として養育して来たのである。

一方、ブリテンとローマとの間に戦が起った。ローマ軍の一員としてウェイルズへやって来たポステュマスはブリテン軍に捕えられる。既に述べた通り彼がジュピターの夢を見るのは、こうして拘束されている間(第五幕第三場)のできごとなのだ。まず、ポステュマスの夢に、彼の死んだ両親や兄たちの亡霊が現れ、ポステュマスがおかれている境遇についてジュピターに不満を洩らす。するとジュピターが登場し、ポステュマスがいずれは幸福な境遇に入ることを予言する。そして一冊の書物を亡霊たちに託し、それをポステュマスの胸の上に置くように命じる。

夢から醒めたポステュマスが書物を開くと、そこには、ポステュマスが悲運から解き放たれるであろうことが記されている。もちろんジュピターの予言は実現する。ブリテンとローマとの間には和平が成立する。また、人物たちをめぐるすべての事情は明らかになる。シンベリーン王は息子たちや娘と再会する。ポステュマスがイノジェンに対して抱いていた誤解は消え、彼はあらためて妻と結ばれる。

再会の物語の特徴

離散していた肉親や家族が再会するという話は、シェイクスピアの後期の作品にはよく現れる。『ペリクリーズ』や『シンベリーン』だけではない。『冬物語』(第五章第4節参照)や『あらし』(第五章第5節参照)もまた、そういう話を扱っている。後期のシェイクスピアは、悲惨な体験を経た人間が最後には幸福になるという話に関心をもっていたのだとする見解があり、それはある程度は正しいと思われるが、しかし、こういう話は決して彼の後期の作品にだけ現れるのではない。

初期の喜劇『間違いの喜劇』や中期の喜劇『十二夜』も、やはりそういう題材を扱っている。さらに言うなら、離れ離れになった夫婦や親子や兄弟姉妹がやがて再会するに至るという事件は、シェイクスピア以外の劇作家の作品でも、また、戯曲ではなくて韻文や散文の物語でも、よく扱われているのであり、それ自体は少しも珍しいものではないのだ。

ただ、シェイクスピアの作品に限ると、『間違いの喜劇』や『十二夜』におけるこの素材の処理のしかたと、後期の一群の戯曲における同じ素材の処理のしかたとの間には、いくつかの違いが認められる。後者の中心人物たちは、おおむね身分が高い。ペリクリーズはタイアの領主であり、彼の妻となるセイーサはペンタポリスの王の娘だ。『シンベリーン』のポステュマスはそれほど身分が高い人物ではないが、彼が結婚するイノジェンはブリテン王の娘である。
他方、『間違いの喜劇』のイージーオンはシラキューズの商人だから、庶民である。彼の息子たちも同様だ。息子たちの召使のドローミオー兄弟は、社会的にはもっと下層の人物と見なして差し支えないだろう。『十二夜』のヴァイオラとセバスティアンは庶民ではなくて名門の生れであるらしい。やがてヴァイオラは、イリリアを治める公爵オーシーノーの妻となる。またセバスティアンは、貴族の令嬢のオリヴィアと結婚する。しかし二人は、少くとも劇が始まった段階では、為政者とは何のつながりももってはいなかった。ペリクリーズやシンベリーンの行動は、大勢の人間に影響を与えずにはおかないが、ヴァイオラやセバスティアンはそういう立場におかれてはいないのである。

観客を笑わせるのではなく

『間違いの喜劇』や『十二夜』の観客は、中心人物たちが知らない事情を、これ以上は考えられないほど早く知ってしまう。従って、観客と中心人物たちとの間には、中心人物たちが登場するのとほとんど同時に、決定的な距離が生じるようになる。観客は人物たちを突き放し、彼等の行動を心ゆくまで笑うことができるのである。

『間違いの喜劇』の場合、実際に劇の大半を占めているのは、二組の双生児が同じ場所に居合せることから生じる混乱の描写である。シラキューズの商人イージーオンが家族と離れた経緯は、劇の冒頭で説明される。だが観客は、劇が本筋に入ると同時に、この説明を半ば忘れてしまうであろう。劇が大詰に辿り着こうとしている時になって、観客はやっとこの設定を思い出すのである。『間違いの喜劇』とは、家族の離散という事件の悲痛さよりも、この事件の結果として生じる状況の滑稽さを描いた作品なのだ。

『十二夜』の場合にも、ヴァイオラの男装と双生児という設定とから生じる混乱を描くことが、やはり劇の主眼になっている。この劇は、ほとんどドタバタ喜劇と言ってもいい『間違いの喜劇』と比べたら、情感ないし哀感をたたえたものではあるが、劇の大半が観客を笑わせるために書かれていることは否定できないであろう。

他方、後期の劇の作者としてのシェイクスピアにとっては、観客を笑わせることは必ずしも重要な狙いではなかったように思われる。これは実は奇妙なことなのである。なぜなら、観客がペリクリーズやセイーサやマリーナに対して、あるいはポステュマスやイノジェンに対してもつ関係は、状況認識に関する限り、観客が『間違いの喜劇』のアンティフォラス兄弟やドローミオー兄弟、あるいは『十二夜』のヴァイオラやセバスティアンに対してもつ関係と、なんら変らないからだ。従って、『ペリクリーズ』や『シンベリーン』の人物はもっぱら観客によって笑われる存在となっても不思議はないのだが、実際にはそうはなっていない。

シェイクスピアは、後期の劇の人物たちが、いかに自分がおかれている状況について無知であるかという点に観客の注意を惹きつけることよりも、彼等がそういう無知ないし誤解のせいで、いかに悲惨な経験をするかという事実を描くことに力を注いでいるように見える。シェイクスピアは、ペリクリーズやセイーサやポステュマスやイノジェンを、観客が笑うべき存在ではなくて、むしろ観客が一体化し、共感する存在として提示している。

神の登場の意味

『ペリクリーズ』におけるダイアナの、また『シンベリーン』におけるジュピターの登場は、劇の中心人物に対する観客の反応を規定するための重要な手段となっているのではないだろうか。人物たちが知らないことをことごとく知っている観客は、絶対的な優位を保っていられた。だがダイアナやジュピターという神の登場は、観客の絶対的な優位を脅かす。観客はすべてが分っている気でいたかも知れないが、実は観客の認識は不充分なものにすぎなかったのかも知れない。

こうして、ペリクリーズやセイーサやポステュマスやイノジェンは、観客に笑われるだけの存在ではなくなり、ある種の威厳を保持することができるようになる。その上、人物たちの有為転変についてはいわば神意が——絶対者の意志が——働いていたらしいことを、観客は教えられる。観客は、自分たちさえもが知らなかったことを知らされることによって、自らの認識の不完全さに目を開かれる。観客は相対化され、自らの無力さを悟るのである。

言うまでもないが、シェイクスピアは後期の一群の劇で一種の禁じ手を使っている。ダイアナであれジュピターであれ、人間を超えた存在を登場させて人間の行く末を予告させることが許されるのなら、人間の有為転変に真面目につき合って来た観客は、馬鹿にされたような思いになりかねない。シェイクスピアは、結末がもたらす幸福感をいやが上にも強調することによって、観客のこういう反応を防ごうとしている。別の言い方をするなら、『シンベリーン』や『ペリクリーズ』の喜劇としての面白さは、作者が観客相手に行う緊迫した駆引きによって支えられているのである。

4　劇作家があやつる奇蹟——『冬物語』の場合

『冬物語』(一六一〇～一一年頃初演)が扱っているのは、妄想に取りつかれたある男が妻と子を失い、十六年の歳月を経て、失われたと思われていた妻や子との再会を果す物語である。ただ、この男は庶民ではなくてシシリアの王であり、彼の行動は、周囲の人々に重大な影響を及ぼす。この劇の迫力は、かなりの程度まで中心人物の社会的地位から発しているのである。

始まりは不自然な変心

シシリア王レオンティーズの宮廷に、彼の幼なじみであるボヘミア王ポリクシニーズが長逗留している。ポリクシニーズは、そろそろ帰国せねばならないと言うが、レオンティーズはもっとシシリアに滞在するように求める。ポリクシニーズは応じない。そこでレオンティーズは、妃のハーマイオニにポリクシニーズを説得するように命じる。すると、意外にもポリクシニーズはハーマイオニの説得を受容れる。

それを見たレオンティーズは、ハーマイオニはポリクシニーズと密通しているのではないかと疑うようになる。もちろんレオンティーズが二人の仲を疑うのは甚だしく唐突で不自然である。そこで、ハーマイオニとポリクシニーズのやりとりにレオンティーズが疑いを抱く根拠となるくだりを見つけようとしたり、あるいはハーマイオニを演じる俳優にいかにも思わせぶりな態度を取らせたりする試みが昔からなされて来たが、これは全くの見当違いだと言わねばならない。

この場面のレオンティーズは妄想に取りつかれて正常な判断ができなくなっているのであり、彼を演じる俳優が観客に印象づけねばならないのは、何よりもまず彼の行動の唐突さ、不自然さなのだ。

やがてレオンティーズは臣下の貴族二人をデルフォスにあるアポロ(アポロン)の神殿へ差し向け、神託を仰がせる。貴族たちがもち帰った神託は、レオンティーズの思いこみはことごとく誤っていることを明言していた。それでも彼は神託は嘘だと主張する。『冬物語』が描いている世界においては、神託が嘘だと主張することはこの上なく無謀で不敬な行為である。レオンティーズがそんなことをするのは、彼が正常な判断ができなくなっている決定的な証拠になる。

かりにハーマイオニとポリクシニーズの仲を疑う時のレオンティーズを、たとえ僅かでも理性を働かせうる人物として表現すると、神託を信じないというこの場の彼の行為に信憑性がなくなる。彼の一連の行動は、彼が妄想に支配されていることを他の登場人物たちに――そして観客に――疑問の余地のないかたちで伝えるようでなければならない。

ハーマイオニの死という嘘

これより先、レオンティーズは臣下のカミローという貴族にポリクシニーズ殺害を命じる。しかしカミローはポリクシニーズに真実を打明け、彼を促してシシリアから逃れさせる。カミロー自身も同行する。これによって、かえってレオンティーズは自分の疑いが正しかったことを確信するようになる。

身重であったハーマイオニはやがて女児を産むが、レオンティーズはそれはポリクシニーズとの子だと断言する。しかし、神託を無視した報いが現れ、まず彼の息子マミリアスが死ぬ。これでレオンティーズは目が覚め、自分の行動を悔いるようになる。すると今度は、ハーマイオニに仕えるポーライナという女が、王妃が死んだという報せをもって来る。

レオンティーズも――そして観客も――劇の最後の場面まで知ることはないが、実はポーライナは嘘をついている。ハーマイオニは死んではいないのだ。王を相手に嘘をついていたことが発覚したら、厳罰に処せられるに違いないから、この場のポーライナは相当の覚悟をもって行動していると考えねばならない。しかし、ポーライナを演じる俳優がこの場面でそういう覚悟を表現することには問題がある。そういう演技は、観客をもレオンティーズをも惑わしかねないからだ。

もちろんシェイクスピアには、ハーマイオニの生存を観客には知らせておく――レオンティーズはだましても観客はだまさない――というやり方を選ぶこともできた筈だ。現にシェイクスピアは『空騒ぎ』(第二章第5節参照)ではそういう手を使っている。この劇の登場人物のひとりであるヒーローは、結婚式に臨んだところ、婚約者のクローディオーから身に覚えのないことで面罵される。彼女は失神する。彼女を辱めた者たちが退場した後、その場に残った人々は彼女が死んだことにしようと申し合せる。彼等が嘘をつくという決定は、観客の目の前で下される のだ。だが『冬物語』のシェイクスピアは、ポーライナの嘘を信じて長い懺悔の生活に入るレオンティーズと観客とが一体になるように仕組んでいる。

捨てられた娘

おのれの非を悟る前に、レオンティーズはもうひとつ取り返しのつかないことをしていた。すなわちポーライナの夫であるアンティゴナスという貴族に、ハーマイオニが産んだばかりの娘を捨てるように命じたのだ。レオンティーズが悔い改めるのは第三幕第二場だから、赤ん坊を抱いたアンティゴナスが登場する第三幕第三場では、観客は、アンティゴナスは今ならレオンティーズが下す筈がない命令を実行しようとしているのだと思うであろう。

再び『空騒ぎ』を引き合いに出すと、クローディオーたちがヒーローを侮辱する場面より前に、クローディオーをだました犯人たちは逮捕されてしまうから、奸計が既に破綻していることを観客は知っている。犯人を逮捕した者たちの話を、ヒーローの父親のレオナートーがもっと注意して聞いていたら、破局は避けられたかも知れないのだ。どちらの場合にも、観客はアイロニーを感じながら劇の進展を見守る結果となる。

さてアンティゴナスが語るところによると、彼の夢にハーマイオニが現れ、娘をパーディタと呼ぶこと、彼女をボヘミアに捨てるべきことを告げたという。アンティゴナスは、自分の夢に現れたのはハーマイオニの亡霊だったと考えている(これも、王妃は本当に死んだと観客に思いこませる台詞である)。彼はハーマイオニに指示された通り、ボヘミアまでやって来て女児を置き去りにした(その後、彼は熊に襲われて死ぬ。なお彼はシシリアからボヘミアまで船で来たことになっているが、事実としては、ボヘミアは海に面してはいない。ここにはシェイクスピアの不注意ないし無知が認められると、大抵の研究者は考えている)。捨てられた女児は、来合せた羊飼の親子に拾われる。ここで第三幕が終る。

「時」の登場

奇妙なことに、第三幕が終った段階で、観客の興味をつなぎとめる要素は、パーディタの行く末以外にはほとんど何もない。これまでの物語は、ここでほぼ終ってしまうのだ。もっとはっきり言うなら、『冬物語』は第三幕までと第四幕以後というふたつの部分に分裂している。シェイクスピアはそのことを意識していたに違いない。なぜなら、彼は第四幕の冒頭で「時」と呼ばれる人物を登場させ、劇の前半と後半を明瞭に区分しているからだ。

抽象的な存在を擬人化するという手法は中世の文藝ではよく用いられたが、この「時」もそういうものとして理解することができる。『冬物語』の「時」はコーラスとしても機能し、観客に直接に語りかけて、「ここで一挙に十六年経過した」という趣旨のことを述べる。時間の進行を自由に操る「時」は、『ペリクリーズ』のガワーを思い出させるが、ガワーはここまで強引なことはしなかった。「時」というコーラスを登場させることによって、シェイクスピアは劇というものの《仕掛けの露呈》をさらに露骨に行っているのである。

再会と神託

劇の前半はレオンティーズ一家の物語を扱っていた。後半はポリクシニーズ親子の物語を扱う。レオンティーズは第五幕の終り近くまで登場しない。ポリクシニーズの息子フロリゼルは美しい娘となったパーディタと恋仲になった。しかし、ポリクシニーズは息子が羊飼の娘と真剣に恋愛していることを不快に思っている。父の不興を買ったフロリゼルはパーディタとともに、この地から逃れようとする。カミローは二人にシシリアへ行くように勧める。カミローとポリクシニーズも彼等の後を追ってシシリアへ向う。やがて一同は再会し、すべての事情は明らかになる。

死んだと思われていたハーマイオニは実は生きていた。レオンティーズは彼女に再会する。レオンティーズとハーマイオニは、娘のパーディタに再会する。彼等の娘であることが明らかになったパーディタとフロリゼルとの婚約を人々は祝福する。レオンティーズとポリクシニーズは和解する。ポーライナはカミローと再婚することになる。

『ペリクリーズ』や『シンベリーン』の場合と同じく、『冬物語』にも奇蹟的な事件がいくつも現れる。そのひとつは、パーディタが両親のもとへ戻るという事件である。アポロの神託には、「失われた者が見つからなければ、レオンティーズは世継ぎなしに暮さねばならない」という意味の文言が含まれていた。「失われた者」とは、もちろんパーディタのことだ(この名は「失う」という意味のラテン語の動詞に由来する)。神託のこの文言には、「失われた者が見つかったら、レオンティーズは世継ぎを得る」という裏の意味が隠されている。パーディタが両親のもとへ現れたのを見て、観客は裏の意味に気づくのだ。

十六年を飛び越える

だが、もっと大きな奇蹟はハーマイオニの生存である。劇の大詰になって、王妃が生きていたことを初めて知る観客は、『マクベス』の大詰で魔女の予言の裏の意味を知る観客に似ている。どちらの場合も、観客による発見は、劇中人物による発見、レオンティーズないしマクベスによる発見と、完全に重なり合う。

それにしても、ハーマイオニの生存を十六年も隠し通すのは極めて困難だ、いや事実上不可能だと、観客は感じるに違いない。シェイクスピアは、そう感じる観客の口を前もって封じるというかたちで、観客の疑問に対応している。具体的に言うと、「時」のコーラスの台詞がそういう役割を果すのだ。

このコーラスは、「一挙に十六年も経過させるのは無茶だと思う人もいるかも知れないが、私は時だから、何でもできるのだ」という意味のことを語る。十六年とはハーマイオニが身を隠していた期間でもあることが、最後に判明するのだが、この間の彼女の生活について、シェイクスピアは一切の描写を控えている。彼は観客が十六年という時間を一気に飛び越えることを求めているのだ。

リアリズムの否定

「私は時だから何でもできる」というコーラスの台詞はもちろん明白な開き直りだが、シェイクスピアはここで「時」というコーラスに劇作家の立場を代弁させていると言える。劇作家には、劇の時間や空間を自由に処理することができる。また劇作家には、どんな素材をどんな風に処理することも許されている。一国の王妃の生存が十六年も隠されていたという設定がどれほど非現実的であるとしても、劇ならそういうことも許されると、シェイクスピアは主張しているかのようだ。『冬物語』の最大の工夫は、奇蹟というものを、怪力乱神の所業ではなくて劇藝術の所産として、観客に受容させようとしたところにある。この劇の作者としてのシェイクスピアが依拠している藝術観は、近代リアリズム風の藝術観とは完全に対立するものなのである。

5 『あらし』の魔術には限界がある

『冬物語』の場合、劇の途中で十六年が経過する。『あらし』（一六一一年頃初演）の場合には、劇が始まる前に十二年が経過する。もっと分りやすい言い方をすると、『あらし』の物語は十二年前に始まるのである。

劇の始まる十二年前に

ミラーノの大公プロスペローは魔術の研究に熱中し、弟のアントーニオーに国事を委ねていたが、アントーニオーはナポリ王アロンゾーの協力を得て兄の位を奪った。プロスペローは三歳にもなっていなかった娘ミランダとともにミラーノを逃れ、ある孤島へやって来た。この島はシコラックスという魔女の息子のキャリバンという怪物が支配していたが、プロスペローは彼の支配権を奪い、彼を奴隷として使うようになった。また、シコラックスによって拷問にかけられていたエアリエルという空気の精がいたが、彼はこの妖精を解放し、やはり自分の召使にした。ここまでは、劇が始まる前のできごとである。

一般に劇作家は、観客が劇の進展について行くために必要な情報をなるべく自然なやり方で観客に提供せねばならないが、これは必ずしも容易なことではない。『あらし』のシェイクスピアは、単純素朴に見えかねないやり方でこの問題を解決している。すなわち彼は、プロスペローがミランダという、この島へやって来たいきさつについて何も知らない人物に向って十二年前に起った事件を説明することによって、観客にもしかるべき情報を提供するのである。(よく似たやり方は『間違いの喜劇』の冒頭でも用いられている。シラキューズの商人イージーオンがエフェサスの大公の訊問に答えて、自分のこれまでの人生について説明するのだが、彼の台詞は観客に対して必要な情報を提供するものとしても機能している)。

超人でもあり、並の人間でもある

『あらし』という劇そのものは、プロスペローとミランダがこの島へやって来てから十二年経った時に始まる。アントーニオー、アロンゾー、アロンゾーの弟のセバスティアン、アロンゾーの息子のファーディナンドなどを乗せた船が島の近くを通りかかった。魔術師としての力をそなえたプロスペローは嵐を起し、この船を難破させた。但し、プロスペローが起したのはほんものの嵐ではないから、大破したかに見えた船も遭難したかに見えた乗客や乗員も、実際には無事であったことがやがて判明する(ミランダに向っては、プロスペローは事態を逸早く説明する)。

『あらし』という劇の独自性は、人間を超えた能力の持主が神でも妖精でもなく、登場人物のひとりであるプロスペローになっているという点にある。但し彼の《超人的能力》は決して完壁なものではない。言いがかりのように聞えるのを承知で言うが、嵐を（厳密に言うなら、嵐に見える現象を）生じさせるほどの能力をそなえた人物が、悪い弟に位を奪われ、命からがら逃れるというのは、いささか間の抜けた話ではあるまいか。十二年前のできごとを敢えて問題にするのは、劇全体の状況に対してプロスペローがもっている関係が必ずしも単純明快なものではないからである。

プロスペローは嵐を起して、かつて自分に害を及ぼした人々やその縁者を島におびき寄せ、彼等をさんざん翻弄した挙句、彼等の前に姿をあらわして和解を実現させる。また彼はアロンゾーの息子ファーディナンドと自分の娘ミランダとの間に恋が生れるように仕組む。最初プロスペローはファーディナンドに対して敵意を示し、彼に試練を課するが、やがて態度を改め、二人の婚約を祝福する。これらの事件は、プロスペローが立案し、実現させるものであるのだから、この場合、プロスペローはいわば劇作家ないし演出家のような立場にいると言える。

それなら『あらし』で起る事件はことごとくプロスペローが仕組んだものであるのかというと、決してそうではない。たとえば、キャリバンが船の乗組員二人と共謀して、プロスペローを殺害しようとする。あるいは、アントーニオーとセバスティアンが共謀して、アロンゾーを殺害しようとする。もちろんこれらの事件には、プロスペローは全く関与していない。エアリエルの報せによって事情を知ったプロスペローは、どちらの場合にも、事前に介入して殺人の実行を食い止める(但し前者については、プロスペローは、危機が迫っていることを忘れかける)。

陰謀を知ってその実現を妨げるプロスペローは、確かに超能力をそなえた魔術師として行動しているのだが、陰謀そのものは彼の意志とは関係なく生れるのだ。つまりプロスペローには、ひとりの劇中人物という側面も認められるのであり、この側面に関する限り、彼と他の登場人物との間に絶対的な区別はない。

劇中劇はなぜ挿入されたか

劇の中心人物であるプロスペローのこういう二面性、ひいては劇全体がもつ曖昧さは、第四幕第一場の劇中劇の場面で最も集約的かつ鮮明に現れる。彼はミランダとファーディナンドの婚約を祝って、ギリシア神話の女神たちによる仮面劇を上演する。女神たちは、若い恋人たちがやがて送ることになる結婚生活が豊かで実り多いものであるように願うのだ。だが、キャリバンたちが自分を襲おうとしている時間が迫っていることを思い出したプロスペローは、仮面劇を突如終らせる。そして、いぶかしげな表情を浮かべているファーディナンドに向って、次のように語るのである——

我らの芝居はもう終った。この俳優たちは、先にも言った通り、すべて妖精、だからこの大気に、薄い大気に、とけ去ってしまった。そして、影だけで織りなされたこの幻さながら、雲を頂く塔も、豪壮な宮殿も、荘厳な神殿も、大いなる地球そのものも、いやそこにあるものはひとつ残らず、やがて消え失せ、今しがた消え去ったはかない見世物同様、後には雲ひとつ残さないのだ。人間とはつまり夢の材料、そして我らの短い生涯は、眠りから発して眠りへと帰るのだ。

この台詞は劇の進展にとって不可欠なものではない。そもそも、妖精たちが女神に扮して演じる仮面劇自体が、『あらし』という劇にとって不可欠なものではない。それに、この場面のプロスペローは、キャリバンたちの陰謀を不発に終らせるために早く手を打たねばならない筈だ。彼はいわば非常事態に直面しているのだ。

それにもかかわらずシェイクスピアが『あらし』という作品に劇中劇を挿入し、それを踏まえてプロスペローが思弁的な台詞を語るようにしたのは、劇全体に認められる現実と虚構（あるいは現実と劇）との微妙な関係を観客に示すためには、どうしてもこういう手段を用いる必要があると判断したからに違いない。

芝居の虚構、現実の虚構性

プロスペローのこの台詞について何よりも重要な点は、それが詩でも小説でもなくて劇の中に――もっと詳しく言うなら、現に観客を前にして演じられている劇の中に――現れるという事実である。「仮面劇の女神を演じていたのは妖精だった」という台詞を聞いた観客は、その妖精を演じていたのは――いや、プロスペローやファーディナンドやミランダを演じているのも――人間の俳優なのであるという、もうひとつの事実を意識せざるをえなくなる。この台詞もやはり芝居というものの仕掛けをあからさまに露呈させているからである。

観客は、また、芝居とはつまるところ幻であり、虚構であるのだという事実をも意識せざるをえなくなる。観客が見ているのは、《ほんもの》のプロスペローではなくて俳優によって演じられるプロスペローにすぎない。同様に、劇の冒頭で観客が目撃した嵐は、ほんものの嵐ではなくて、劇の内部においては、魔術師プロスペローが出現させた嵐だった。劇の外部では――と言うより、上演という作業の次元では――嵐は劇作家なり演出家なりの指示に従って舞台技術者が実現させるものである。プロスペローはそういう舞台技術者が行うのと同じことをしていたことになる。

仮面劇に続くプロスペローの台詞は、一応はファーディナンドに向って語られてはいるのだが、観客は、シェイクスピアが自らの営為について語っているのを聞くような思いにかられるに違いない。これは劇の虚構性を何重にも顕在化させる台詞だからである。

劇の虚構性について語ったプロスペローは（あるいはシェイクスピアは）、次に世界ないし現実の虚構性について語る。「人間とはつまり夢の材料」という台詞は、現実の人間は単なる素材にすぎないのであり、夢という製品となって初めて高度な存在を獲得することを意味している。これは奇を衒《てら》った発言のように聞えるかも知れないが、この台詞の根底にあるのは、「人生は夢」という、古くからある、由緒正しい考え方にすぎない（日本人には邯鄲《かんたん》の伝説がなじみがあるかも知れないが、たとえばあの伝説はこの考え方を具体的に述べたものだ）。

いわゆる現実において生きる人間は実体的な存在だとするのが、近代リアリズムの考え方だが、「人生は夢」という考え方によれば、眠って夢を見るあり方においてこそ人間は自己を実現させるのだということになる。

現実よりも現実的な劇

「人生は夢」という考え方は、「人生は芝居」という考え方、たとえば『真夏の夜の夢』の根底にあった考え方に通じる。「人生は芝居」という考え方によれば、世界は劇場であり、人間は俳優なのである。もちろんこれは世界や人間存在の虚構性を正面から認める考え方である。そしてそれは、『あらし』のような劇において展開されると、劇の虚構性を認めるように見えて、実は劇の現実性を主張する考え方に転化する。確かに劇は虚構だが、それはいわゆる現実よりもはるかに現実的なものなのだ。

『あらし』はシェイクスピアが共作者の協力を得ることなしに書いた最後の戯曲であったと推測されている。この作品で、シェイクスピアは、劇作家としての自らの仕事の虚構性に観客の注意を向けさせることによって、自らがよって立つ認識の現実性を観客に受容れさせるという離れ業を演じたのである。

あとがき

シェイクスピア劇を理解するためのいちばんいいやり方は、実際にそれを読んだり上演を観たりすることである。その場合、シェイクスピアがどんな手法を用いているか、また、彼の手法がどんな世界観や演劇観によって支えられているかを知っていると、作品に対する理解が深まったり、作品の面白さが増したりするのではないだろうか。そう考えながら、私はこの本を書いた。私がどんな方法でシェイクスピア劇を検討したかは序章で述べたが、シェイクスピアに取組む方法がこれ以外にもたくさんあることは、言うまでもない。もしもこの本を読んで、シェイクスピアについてもっと多くの情報を得たいと思うひとがいたら、私は取敢えず三冊の本を薦めたい。

まず挙げたいのは、日本シェイクスピア協会編『新編シェイクスピア案内』(研究社、二〇〇七年)である。これは、シェイクスピアがどんな生涯を送ったか、シェイクスピアが生きていたのはどんな時代だったかといった問題に始まり、シェイクスピアがどんな作品を書いたか、それはどのように受容されて来たかという問題に至るまで、シェイクスピアのさまざまな面を簡潔に扱った手頃な入門書である。基本的な文献のリストが添えられているが、このリストには日本語の本もたくさん含まれているから、そういうものを読んだら、シェイクスピアを一層多面的に捉えることができるようになるであろう。

次に、高田康成・河合祥一郎・野田学編『シェイクスピアへの架け橋』(東京大学出版会、一九九八年)を挙げたい。『新編シェイクスピア案内』と同じ問題を扱った部分もあるが、シェイクスピアの翻訳だのシェイクスピア劇に基づくオペラだのといった事柄も採り上げられており、シェイクスピアについての広い展望を得ようとする読者にとっては、非常に役に立つ。

最後に、やはり岩波新書として出ている大場建治著『シェイクスピアを観る』(岩波書店、二〇〇一年)を挙げたい。これはシェイクスピアの四篇の劇を、実際の上演や映画化の例を数多く紹介しながら吟味した本である。上演や映画化について論じるだけでなく、シェイクスピアに関する基本的な情報をも手際よく盛りこんだ、非常に読みやすい本だ。

三冊の本はどれも、シェイクスピア作品の年表を含んでおり、個々の作品が執筆されたと推定される年が挙げられている。別に異を立てるつもりはないが、この本では、作品の執筆時期ではなくて初演の年を挙げることにした。ただ、シェイクスピアの特定の作品がいつ執筆され、その作品の初演がいつ行われたかについては、確実なことは分らない。この本で挙げられている年は、およその時期を示すものでしかないことを断っておきたい。

岩波新書のためにシェイクスピアについての本を書かないかというお話を最初に頂いたのは、随分前のことだった。しかし、公務に追われていた私は、なかなか約束を果すことができなかった。この間、何人もの編集者の方にご心配をおかけし続けた。謹んでお詫び申し上げたい。最終的にこの本を担当して下さったのは、新書編集部の早坂ノゾミ氏である。早坂氏は私の原稿を綿密に検討し、内容と表現の両方について数多くの適切な指摘をして下さった。厚くお礼申し上げたい。

二〇〇七年十一月

喜志哲雄

ヤ　行

ラ　行

索　引

1. 本文に現れる主な人名，作品名，書名，事項を五十音順に配列した．
2. 特定の作品について詳しく述べた個所の頁は**太字**で示した．

ア　行

カ　行

サ　行

喜志哲雄

1935年生まれ
1964年京都大学大学院修了
専攻―英文学，演劇学
現在―京都大学名誉教授
著書―『シェイクスピアの世界劇場』(共著，岩波書店)
『劇場のシェイクスピア』(早川書房)
『英米演劇入門』(研究社)
Shakespeare in Japan (共著，Continuum)
『喜劇の手法』(集英社新書)
『ミュージカルが《最高》であった頃』(晶文社)ほか
他にヤン・コット，ハロルド・ピンターなどの翻訳多数

シェイクスピアのたくらみ　岩波新書(新赤版)1116

2008年2月20日　第1刷発行

著　者　喜志哲雄《きしてつお》

発行者　山口昭男

発行所　株式会社 岩波書店
〒101-8002 東京都千代田区一ツ橋2-5-5
案内 03-5210-4000　販売部 03-5210-4111
http://www.iwanami.co.jp/

新書編集部 03-5210-4054
http://www.iwanamishinsho.com/

印刷・精興社　カバー・半七印刷　製本・中永製本

ISBN 978-4-00-431116-4　Printed in Japan

岩波新書新赤版一〇〇〇点に際して

ひとつの時代が終わったと言われて久しい。だが、その先にいかなる時代を展望するのか、私たちはその輪郭すら描きえていない。二〇世紀から持ち越した課題の多くは、未だ解決の緒を見つけることのできないままであり、二一世紀が新たに招きよせた問題も少なくない。グローバル資本主義の浸透、憎悪の連鎖、暴力の応酬――世界は混沌として深い不安の只中にある。

現代社会においては変化が常態となり、速さと新しさに絶対的な価値が与えられた。消費社会の深化と情報技術の革命は、種々の境界を無くし、人々の生活やコミュニケーションの様式を根底から変容させてきた。ライフスタイルは多様化し、一面では個人の生き方をそれぞれが選びとる時代が始まっている。同時に、新たな格差が生まれ、様々な次元での亀裂や分断が深まっている。社会や歴史に対する意識が揺らぎ、普遍的な理念に対する根本的な懐疑や、現実を変えることへの無力感がひそかに根を張りつつある。そして生きることに誰もが困難を覚える時代が到来している。

しかし、日常生活のそれぞれの場で、自由と民主主義を獲得し実践することを通じて、私たち自身がそうした閉塞を乗り超え、希望の時代の幕開けを告げてゆくことは不可能ではあるまい。そのために、いま求められていること――それは、個と個の間で開かれた対話を積み重ねながら、人間らしく生きることの条件について一人ひとりが粘り強く思考することではないか。その営みの糧となるものが、教養に外ならないと私たちは考える。歴史とは何か、よく生きるとはいかなることか、世界そして人間はどこへ向かうべきなのか――こうした根源的な問いとの格闘が、文化と知の厚みを作り出し、個人と社会を支える基盤としての教養となった。まさにそのような教養への道案内こそ、岩波新書が創刊以来、追求してきたことである。

岩波新書は、日中戦争下の一九三八年一一月に赤版として創刊された。創刊の辞は、道義の精神に則らない日本の行動を憂慮し、批判的精神と良心的行動の欠如を戒めつつ、現代人の現代的教養を刊行の目的とする、と謳っている。以後、青版、黄版、新赤版と装いを改めながら、合計二五〇〇点余りを世に問うてきた。そして、いままた新赤版が一〇〇〇点を迎えたのを機に、人間の理性と良心への信頼を再確認し、それに裏打ちされた文化を培っていく決意を込めて、新しい装丁のもとに再出発したいと思う。一冊一冊から吹き出す新風が一人でも多くの読者の許に届くこと、そして希望ある時代への想像力を豊かにかき立てることを切に願う。

（二〇〇六年四月）

岩波新書より

現代世界

国際連合 軌跡と展望　明石 康
アメリカよ、美しく年をとれ　猿谷 要
アメリカの宇宙戦略　明石和康
日中関係 戦後から新時代へ　毛里和子
いま平和とは　最上敏樹
国連とアメリカ　最上敏樹
人道的介入　最上敏樹
大欧州の時代　脇阪紀行
現代ドイツ　三島憲一
ブレア時代のイギリス　山口二郎
「民族浄化」を裁く　多谷千香子
サウジアラビア　保坂修司
中国激流 13億のゆくえ　興梠一郎
現代中国 グローバル化のなかで　興梠一郎
多民族国家 中国　王 柯
ヨーロッパ市民の誕生　宮島 喬

東アジア共同体　谷口 誠
ネットと戦争　青山 南
アメリカ 過去と現在の間　古矢 旬
ヨーロッパとイスラーム　内藤正典
現代の戦争被害　小池政行
アメリカ外交とは何か　西崎文子
イスラーム主義とは何か　大塚和夫
イラク 戦争と占領　酒井啓子
イラクとアメリカ　酒井啓子
核拡散　川崎 哲
シラクのフランス　軍司泰史
帝国を壊すために　アルンダティ・ロイ 本橋哲也訳
ロシアの軍需産業　塩原俊彦
ブッシュのアメリカ　三浦俊章
多文化世界　青木 保
異文化理解　青木 保
アフガニスタン 戦乱の現代史　渡辺光一
イギリス式生活術　黒岩 徹
イギリス式人生　黒岩 徹

国際マグロ裁判　小松正之 遠藤久
デモクラシーの帝国　藤原帰一
テロ後 世界はどう変わったか　藤原帰一編
パレスチナ〔新版〕　広河隆一
「対テロ戦争」とイスラム世界　板垣雄三編
ソウルの風景　四方田犬彦
アメリカの家族　岡田光世
NATO　谷口長世
ロシア市民　中村逸郎
中国路地裏物語　上村幸治
ロシア経済事情　小川和男
同盟を考える　船橋洋一
イスラームと国際政治　山内昌之
相対化の時代　坂本義和
南アフリカ 「虹の国」への歩み　峯 陽一
ユーゴスラヴィア現代史　柴 宜弘
「風と共に去りぬ」のアメリカ　青木冨貴子

(2007.5)　(F)

岩波新書より

東南アジアを知る　鶴見良行
バナナと日本人　鶴見良行
環バルト海 地域協力のゆくえ　百瀬宏 / 志摩園子 / 大島美穂
フランス家族事情　浅野素女
アメリカ 黄昏の帝国　進藤榮一
人びとのアジア　中村尚司
ヴェトナム 「豊かさ」への夜明け　坪井善明
中国人口超大国のゆくえ　若林敬子
タイ 開発と民主主義　末廣昭
ドナウ河紀行　加藤雅彦
イスラームの日常世界　片倉もとこ
ヨーロッパの心　犬養道子
エビと日本人　村井吉敬
韓国からの通信　T・K生 「世界」編集部編
同時代のこと　吉野源三郎

環境・地球

世界森林報告　山田勇
地球の水が危ない　高橋裕
都市と水　高橋裕
原発事故はなぜくりかえすのか　高木仁三郎
中国で環境問題にとりくむ　定方正毅
地球持続の技術　小宮山宏
熱帯雨林　湯本貴和
日本の渚　加藤真
ダイオキシン　宮田秀明
環境税とは何か　石弘光
地球環境報告Ⅱ　石弘之
酸性雨　石弘之
地球環境報告　石弘之
ゴミと化学物質　酒井伸一
山の自然学　小泉武栄
地球温暖化を防ぐ　佐和隆光
日本の美林　井原俊一
地球温暖化を考える　宇沢弘文
地球環境問題とは何か　米本昌平
自然保護という思想　沼田真
水の環境戦略　中西準子

随筆

岩波新書より

カラー版

岩波新書より

芸術

世界の音を訪ねる　久保田麻琴
Jポップとは何か　烏賀陽弘道
宝塚というユートピア　川崎賢子
瀧廉太郎　海老澤敏
人生を肯定するもの、それが音楽　小室等
絵のある人生　安野光雅
能楽への招待　梅若猶彦
日本の色を染める　吉岡幸雄
プラハを歩く　田中充子
シェイクスピアを観る　大場建治
歌舞伎ことば帖　服部幸雄
コーラスは楽しい　関屋晋
役者の書置き　嵐芳三郎
ぼくのマンガ人生　手塚治虫
芸術のパトロンたち　高階秀爾
続 名画を見る眼　高階秀爾
名画を見る眼　高階秀爾

ジャズと生きる　穐吉敏子
真贋ものがたり　三杉隆敏
〝劇的〟とは　木下順二
日本の現代演劇　扇田昭彦
日本の近代建築 上・下　藤森照信
戦争と美術　司修
オペラをつくる　武満徹・大江健三郎
千利休 無言の前衛　赤瀬川原平
狂言役者 ひねくれ半代記　茂山千之丞
歌右衛門の六十年　中村歌右衛門・山川静夫
絵を描く子供たち　北川民次
ギリシアの美術　澤柳大五郎
音楽の基礎　芥川也寸志
日本美の再発見〔増補改訳版〕　ブルーノ・タウト　篠田英雄訳
抽象絵画への招待　大岡信
花火―火の芸術　小勝郷右